Illustration: Hiromu Arakawa

FULLMETAL ALCHEMIST

Der entführte Alchemist

INHALT

Kapitel 1

Der Zug im Grenzland

»Uaaaaah!« Ein gewaltiges Gähnen schmolz in der Nachmittagssonne.

»Hey, Al, siehst du immer noch nichts?«, rief Edward Elric seinem Bruder zu, der ein paar Schritte vor ihm stand. Er selbst saß, den Kopf gelangweilt in die Hände gestützt, auf seinem Koffer, den er auf dem Steinpflaster abgelegt hatte, und wischte sich eine Träne aus dem Gesicht, die ihm beim Gähnen gekommen war.

»Nicht mal ein Rauchwölkchen am Horizont, Ed«, antwortete Alphonse, der den Blick fest auf die Schienen geheftet hielt. Er war ein Jahr jünger als der fünfzehnjährige Edward, der seufzte, als er das hörte.

»Hätte der Zug nicht um zwölf Uhr kommen sollen?«

»Jo.«

»Ach Mann ...« Edward sah auf die Bahnhofsuhr. »Jetzt ist es schon um drei. Wie kann der Zug denn in so einem Nest Verspätung haben?«

»Wir waren doch noch nie so nah an der Grenze. Vielleicht ist es hier normal, dass er einfach irgendwann kommt.«

Alphonse ließ den Blick schweifen. In der Ferne lagen verstreut einige Dächer.

Es war ein winzig kleines Dorf, das zu Recht als »noch abgelegener als die abgelegensten Teile des Landes« galt. Edward und Alphonse hatten vorgehabt, sich mit dem nächsten Zug von hier zu verabschieden.

»Der ganze weite Weg hierher und dann war es wieder total umsonst. Und jetzt sitzen wir auch noch auf diesem verfluchten Bahnhof fest.«

Edward seufzte noch einmal und blickte von besagtem Bahnhof, der nicht einmal ein Gebäude, sondern vielmehr nur ein gepflasterter Bahnsteig war, die in der Ferne entschwindenden Gleise entlang.

»Heute scheißt's uns vielleicht wieder an …«

Die Gleise waren von einer dicken Schicht aus Schmutz und Erde bedeckt und von dem Zug, der hätte kommen sollen, war nichts zu sehen. Edward Elric war ein klein gewachsener Junge mit langem goldblondem Haar, das er zu einem Zopf geflochten trug. Auf den ersten Blick wirkte er wie alle anderen Jungen in seinem Alter, doch sah man genauer hin, entdeckte man die Spuren seiner ungewöhnlichen Vergangenheit: Vor einigen Jahren hatte er ein alchemistisches Tabu gebrochen – und dafür mit seinem rechten Arm und seinem linken Bein bezahlt. An ihrer Stelle schimmerten nun Automails matt unter seiner Kleidung hervor. Um wiederzuerlangen, was er verloren hatte, war Edward in die Armee eingetreten und Staatsalchemist geworden. In seinen Augen lag eine grimmige Entschlossenheit, die immer wieder aufblitzte.

Sein jüngerer Bruder Alphonse Elric fiel ebenfalls aus dem Raster, aber in einem ganz anderen Sinne. Im Gegensatz zu seinem Bruder, der oft kein Blatt vor den Mund nahm, war er sanftmütig und auf Frieden bedacht, was man jedoch bei ihm nie vermutet hätte. Denn er überragte seinen Bruder bei Weitem und trug eine riesige Rüstung. Nur steckte darin nicht Alphonse' Körper. Vielmehr war sie mit einem Blutsiegel versehen, das die Seele des Jungen an die Rüstung band, die diesen ersetzte.

Die beiden Brüder waren auf der Suche nach dem legendären Stein der Weisen, den sie benötigten, um ihre ursprünglichen Körper zurückzubekommen. Zwei Wochen zuvor hatten sie ein Gerücht über einen seltsamen Stein gehört, der angeblich in einem Dorf fernab von Central City gefunden worden war. Voller Hoffnung hatten sie sich sofort auf den Weg gemacht. Doch wie all die Male zuvor hatte diese sich zerschlagen und nun saßen sie auf dem Rückweg auch noch an diesem Bahnhof fest. Jeder Windstoß wirbelte eine Staubwolke auf, die im dunstigen Sonnenlicht in der Luft tanzte, aber der winzige Bahnhof blieb bis auf die beiden Jungen leer.

Edward kniff in der gelb strahlenden Sonne wegen des Sandes in der Luft die Augen zusammen und hob ein Steinchen unter seinen Füßen auf.

»Und wieder war alles für die Katz ...« Mit enttäuschtem Gesicht kratzte er mit dem Kiesel über das Steinpflaster, während sein Blick von seinem rechten Arm zu Alphonse' Körper glitt. »Och menno. Ich hatte wirklich gedacht, diesmal kriegen wir unsere Körper wieder. Das macht mich echt fertig.«

Es kam ihm vor, als hätte er genau das schon hundertmal gesagt – jedes Mal, wenn sie einer scheinbar vielversprechenden Spur gefolgt waren, um dann festzustellen, dass alles nur ein Trugschluss gewesen war.

»Aber Aufgeben ist keine Option!«, antwortete Alphonse wie schon hundertmal zuvor.

»Natürlich nicht.« Edward stand von seinem Koffer auf, streckte sich und drehte sich lächelnd zu Alphonse um.

»Wir finden den Stein der Weisen ganz sicher und kriegen unsere Körper zurück.«

»Durchhalten heißt die Parole.«

»Ganz genau!«

Auf ihrer langen Suche nach dem Stein hatten sie eine Art Ritual entwickelt, um mit den ständigen Enttäuschungen umzugehen. Dieser Wortwechsel war ihr Signal, den letzten Misserfolg hinter sich zu lassen und neu zu beginnen.

»Gut! Auf zu neuen Abenteuern! Im Zug mal richtig ausschlafen, irgendwo was Gutes essen und dann kommt schon alles wieder ins Lot!«

Edward streckte triumphierend die Hände in die Luft und wie auf Kommando erschien am Horizont der Zug.

Für eine Grenzstrecke war er ungewöhnlich voll.

»Diese Linie führt doch nicht durch irgendwelche Großstädte. Ist das nicht ein reiner Überlandzug?«, raunte Edward Alphonse zu, nachdem sie eingestiegen waren. Er suchte einen Sitzplatz, allerdings war kein einziger mehr frei. Achselzuckend stellten sich die Brüder an die Waggontüren.

»Ich kann also knicken, bis zur Ankunft zu pennen«, murmelte Edward.

»Willst du nicht noch ein bisschen nach einem freien Platz schauen?«

»Nein, schon gut. So wie hier dürfte es in allen Abteilen aussehen.«

Alle Sitzplätze im Abteil waren besetzt und wer keinen gefunden hatte, stand im Gang, plauderte und lachte mit den

Mitreisenden oder spielte Karten mit ihnen. Edward beobachtete die anderen Passagiere.

»Ich hab noch nie so viele Menschen in einem Zug im Grenzland gesehen.«

Die Kleidung, das Verhalten dieser Leute, die sich so ungezwungen über die Sitze hinweg unterhielten – das passte gar nicht in die Provinz, sondern roch nach Großstadt.

»Alles etwas zu schick für so eine abgelegene Gegend.«

»Mhm. Vielleicht gab es ja irgendwo einen Jahrmarkt?«

»Könnte sein. Immerhin waren wir jetzt fast zwei Wochen am Arsch der Welt, praktisch von der Zivilisation abgeschnitten. Vielleicht können wir irgendwo mal Radio hören oder wir kaufen am nächsten Bahnhof eine Zeitung ...« Edward hielt inne.

»Ist was?«, fragte sein Bruder und sah zu ihm hinunter.

Edward legte den Kopf leicht schief.

»Nein, ich dachte nur, ich hätte eben irgendwoher eine bekannte Stimme gehört ...« Edward stand schweigend da und spitzte die Ohren – da war die Stimme wieder. Er hatte sie seit einiger Zeit nicht mehr gehört, aber sie gehörte tatsächlich jemandem, den er kannte.

»Wen hast du denn gehört?«

»Tja, wen nur?«, wiederholte Edward. »Nun, klingt wie jemand, dem ich viel verdanke, obwohl ich wünschte, ich täte es nicht. Wo ist er denn?«

Edward verrenkte sich fast den Hals, als er durch die Menschenmenge im Abteil spähte, die seine Sicht behinderte. Er hatte tiefe Falten auf der Stirn. Wer auch immer es war, nach dem er

Ausschau hielt, es war jemand, den er lieber mied – so viel war klar.

»Da ist er!« Edward hatte den Gesuchten in der Menge ausgemacht.

»Hä, wo?«

»Da hinten.«

Edward zeigte auf einen Bekannten der beiden Brüder: Oberst Roy Mustang, der sich vergnügt mit einigen Damen unterhielt. Roy war genau wie Edward ein Angehöriger der Armee und hatte – ebenfalls genau wie er – den Titel eines Staatsalchemisten inne. Er stand im Rang eines Obersts und war der aktuelle Kommandant des Eastern Commands, eine Position, die er in Rekordzeit erreicht hatte. Die dunklen Augen unter seinem kohlrabenschwarzen Haar funkelten. Doch statt wie sonst wachsam und aufmerksam zu sein, wirkte er jetzt vergnügt.

Hinter ihm blitzte auch der goldblonde Schopf von Leutnant Jean Havoc hervor, der etwas größer als Roy war und wie er dem Eastern Command angehörte. Er stand mitten im Abteil und machte unnahbar wie immer keine Anstalten, beim Gespräch die Initiative zu ergreifen, ignorierte die Leute allerdings auch nicht komplett, sondern beteiligte sich mit Zuhörgeräuschen und indem er hin und wieder Antworten einstreute. Nun entdeckte auch Alphonse Roy, der vor den Sitzen mit den Damen stand.

»Na, der Herr Oberst amüsiert sich ja gut mit den Damen. Aber was verschlägt ihn denn so weit raus an die Grenze? Und in einen Zug? Ist der auf Dienstreise?«

»Gute Frage …«

Roy bemerkte nicht, dass er von den Elric-Brüdern beobachtet wurde, und scherzte weiter lächelnd mit den Passagierinnen. Als Kommandant des Eastern Commands hatte er immer viel zu tun – daher war eine Aufgabe, die eine persönliche Zugreise erforderte, mehr als ungewöhnlich. Und noch etwas fiel auf: Sowohl Roy als auch Havoc reisten in Zivil statt in Uniform.

Edward und Alphonse belauschten das Gespräch.

»So ein Ausflug kann doch nicht recht bequem sein, wenn man sich nicht nach einem ordentlichen Fahrplan richten kann, nicht wahr?«

Edward und Alphonse schauten sich unwillkürlich an: Roy war ganz anders als sonst, wenn er seine Untergebenen anraunzte.

»Ja, das stimmt schon. Aber wir haben ja Zeit.«

»Ich habe nur vor, in der nächsten größeren Stadt etwas shoppen zu gehen. Haben Sie beruflich hier zu tun?«

Die Damen waren offensichtlich recht wohlhabend. Trotz der Entfernung erkannten die Brüder, wie teuer ihre Kleider gewesen sein mussten. Sie hatten offenbar Roy angesprochen und der genoss die Unterhaltung sichtlich.

»Ach, wir müssen uns nur um ein paar Kleinigkeiten kümmern.«

»Verstehe. Es stört Sie also nicht, wenn wir Sie so einfach ansprechen?«

»Natürlich nicht. Es ist nur eine ganz triviale Angelegenheit, nach der wir gleich wieder heimfahren. Daher ist es schön, wenn wir uns unterwegs eine angenehme Zeit machen können.«

Roy sah nicht übel aus und als er die Damen so frisch anlächelte, verschlug es ihnen allen auf einmal die Sprache.

»Sieht jetzt nicht so aus, als ob der gerade im Dienst ist.«

Mit dieser Schlussfolgerung hob Edward seinen Koffer auf.

»Willst du ihm mal Hallo sagen?«

»Na ja, ich dachte, bei der Gelegenheit können wir ihn ja ausfragen, was es Neues gibt.«

Im Dienst hätte er ihn nicht stören wollen, aber da es nicht danach aussah, konnte ein Schwätzchen ja nicht schaden, also machte sich Edward auf den Weg zu den hinteren Sitzen. Roy sah zum ersten Mal auf. Als sein Blick Edwards traf, zeigte sich Überraschung auf seinem Gesicht.

»Hallo, lange nicht gesehen!«

Edward war klar, dass Roy ihn nicht hören konnte, aber er winkte ihm freundschaftlich zu. Eigentlich hatte er erwartet, sein Vorgesetzter würde ebenfalls grüßen und zurückwinken, da sie sich lange nicht gesehen hatten …

Aber …

Roy fuhr ohne Eile fort, mit den Damen zu plaudern. Er musste Edward doch gesehen haben! Die Überraschung, die ihm anzusehen gewesen war, als er ihn bemerkt hatte, war wieder gewichen und er lächelte den Damen zu, wie schon zuvor die Liebenswürdigkeit in Person.

»Hä?«

Da Edward dachte, Roy hätte ihn nicht wiedererkannt, probierte er es noch einmal. Doch der plauderte unverdrossen einfach weiter.

Edward hörte, wie sie sich über den schönen Klang irgendeiner Turmuhr in der Stadt Soundso unterhielten und dass man von irgendeinem Bahnhof westlich von hier eine ach so schöne Aussicht genießen konnte. Kurz bevor Edward ihn erreichte, legte Roy seinen Arm auf die Rückenlehne des Sitzes, um nicht vom Zug hin und her geschüttelt zu werden. Seine Hand lag nicht mehr im Sichtfeld der Damen, jedoch klar in Edwards.

Und da ...

Beiläufig, als sei nichts dabei, richtete Roy den Zeigefinger auf Edward, ohne sein Geplänkel mit den Damen zu unterbrechen oder ihn auch nur eines Blickes zu würdigen. Und doch zeigte er mit dem Finger ganz deutlich auf ihn.

»...?«

Dann wedelte Roy damit leicht von oben nach unten.

Hä? Was will er denn? Edward konnte sich das nicht erklären, doch plötzlich ging ihm ein Licht auf. Der Finger sollte ihm sagen: Kleiner, verkrümel dich!

»Ey!«

»Ha ha ha«

Alphonse lachte über dieses Verhalten, aber Edward blickte finster drein.

Da waren sie einem Gerücht bis in diese gottverlassene Gegend gefolgt, um den Stein zu finden, waren zwei Wochen lang durch den Dreck gekrochen und als sie voller Enttäuschung, den Stein wieder nicht gefunden zu haben, hatten weiterreisen wollen, hatten sie auch noch drei Stunden auf den nächsten Zug warten müssen, der Gott weiß warum total überfüllt war, sodass Edward nun auf seinen Mittagsschlaf verzichten musste. Und dann auch noch so toll von einem Bekannten begrüßt zu werden? Edwards Schläfen zuckten.

»Der ignoriert mich ja voll!«

»Ist doch nichts Neues, dass der Herr Oberst ein Frauenheld ist ... Der will sicher gerade ungestört bleiben. Was für ein Schwerenöter.«

Alphonse sah Roy, auf den gerade die Augen aller Frauen gerichtet waren, bewundernd an.

»Sind Sie liiert?«

»Nein.«

»Hach, so ein hübscher Kerl wie Sie? So was wie Sie würde ich ja nie mehr aus den Fingern lassen!«

»Dann leisten Sie uns doch bis zur Endstation Gesellschaft. Wenn wir schon zusammen reisen, können wir es uns auch nett machen.«

In der Armee gab es hauptsächlich Männer, daher konnte es schon sein, dass Roy ein herzliches Geplänkel wie dieses genießen wollte. Für Edward war das jedoch unverständlich, denn er fand so etwas langweilig.

»Der Depp glaubt echt, er kann mich mit seiner Wedelei verscheuchen wie eine Fliege!«

»Wir sollen doch nur gerade nicht stören. Sagen wir einfach später Hallo.«

»Was für ein Sackgesicht!«

Edward schnalzte ungehalten mit der Zunge und wollte zurück zu seinem Platz an der Eingangstür, aber gab sich dann doch nicht damit zufrieden. Er hielt kurz inne und warf einen Blick zurück zu Roy.

»Was ist?«

»Halt mal kurz.« Edward drückte Alphonse seinen Koffer in die Hand.

»Ist recht. Aber was ist denn los?«

Obwohl er ihrer beider Entschlossenheit zusammen mit seinem Bruder kurz zuvor erneut mit »Durchhalten heißt die Parole« bekräftigt hatte, ärgerte es Edward, wenn die Dinge nicht gut liefen. Es lag ihm einfach nicht, es sang- und klanglos hinzunehmen und sich zu verdrücken, wenn er so offensichtlich ignoriert wurde. Er musste dem Oberst einfach irgendetwas reindrücken, um sich selber besser zu fühlen.

»Al, ich geh doch mal kurz hin. Das ist doch kacke so.«

»Aber ist das nicht auch blöd, wenn du da einfach reinplatzt? Oh! Ah! Wart doch mal, Ed!«

Mit Alphonse' Stimme im Rücken und einem Grinsen im Gesicht schnaufte Edward tief durch. Dann setzte er ein boshaftes Lächeln auf und machte sich ans Werk.

»Papaaa!«

Laut rufend und dabei mit den Armen winkend stürmte er auf Roy zu.

»Ey, was sollte das mit Papa?!«, entrüstete sich Roy, den ihm gegenübersitzenden Edward vor sich.

Edwards »Papa«-Ruf hatte genau den gewünschten Effekt gehabt: Die Damen hatten Roy nämlich verdächtigt, doch verheiratet zu sein, und das Gespräch war ins Stocken geraten. Letzten Endes hatte Roy Edward, der sich mit Armen und Beinen um ihn geschlungen hatte, einfach in ein anderes Abteil geschleift und sich auf einen freien Sitz fallen lassen.

»Da sehen wir uns nach so langer Zeit mal wieder und dann ziehst du so einen Mist ab?«

»Selber schuld: Da sehen wir uns nach so langer Zeit mal wieder und Sie ignorieren mich!«

Mit einem »Bäääh!« streckte Edward seinem Vorgesetzten die Zunge heraus und Havoc, der neben Roy saß, stimmte ihm zu.

»Ganz genau. Dass der auch immer alle Weiber anquatschen muss, die nicht bei drei auf den Bäumen sind ...«

»Diesmal habe ich niemanden angequatscht. Ich wurde angequatscht! Das hast du ja wohl mitgekriegt!«

»Ach, war das so?«

»Wer hat denn gesagt, dass er gern lernen möchte, wie man Mädels angräbt? Das warst doch du!«

»Sie haben das Gespräch aber auch sichtlich genossen.«

»So abwesend, wie du warst, musste ja stattdessen ich mit denen reden!«

Da fragte Alphonse die beiden Erwachsenen, die ihr sinnloses Hin und Her sonst bis in alle Ewigkeit fortgesetzt hätten: »Haben Sie denn beruflich hier zu tun?«

Roy und Havoc beendeten daraufhin ihre dumme Kabbelei und seufzten synchron.

»Tja, kann man so sagen. Aber wir haben nicht den richtigen Zug erwischt und müssen deshalb einen großen Umweg machen.«

»Drei Stunden mussten wir auf unseren Zug nach Hause warten! Es war echt eine Zumutung.«

»Also so wie bei uns? Wir mussten auch lange warten, weil der Zug nicht zur angekündigten Zeit kam ... Keine Ahnung warum. Der Fahrplan muss ein totales Chaos sein.«

Während er das sagte, legte Edward den Kopf schief und Roy und Havoc sahen ihn verwundert an.

»Habt ihr denn gar nichts mitbekommen?«

»Es gibt aktuell doch kein anderes Gesprächsthema!«

Edward wurde ungeduldig und fragte sich, ob sie wichtige Neuigkeiten verpasst hatten, da die beiden Männer so überrascht waren.

»Ähm, was war denn? Was ist passiert?«

»Wir waren zwei Wochen lang in der Wildnis unterwegs und haben nichts mitgekriegt.«

In dem Dorf, in das Edward und Alphonse ihre Suche nach dem Stein der Weisen geführt hatte, gab es kein Gasthaus und sie waren auf ihrer Schatzsuche verschiedensten Informationen, die sie aufgeschnappt hatten, kreuz und quer durch die Pampa gefolgt und hatten nur unter Dachvorsprüngen genächtigt. In dieser Zeit waren sie von jeglicher Verbindung mit der Welt abgeschnitten gewesen und hatten natürlich keine Möglichkeit gehabt, irgendetwas zu erfahren.

»Das Letzte, was ich mitgekriegt habe, war ... Al, was war es gleich wieder?«

»Ähm, dass eine Schießpulverfabrik explodiert ist, aber wie durch ein Wunder keiner verletzt worden ist. So was in der Art.«

»Ja, genau. Das war's. Wir haben nicht mal Radio hören können.«

»Also habt ihr keine Ahnung, was sonst so in der letzten Zeit passiert ist?« Roy brachte die beiden auf den neuesten Stand. »In den letzten zwei Wochen sind wiederholt Gleise durchtrennt oder komplett in die Luft gejagt worden. Deshalb herrscht auch so ein Chaos bei den Verbindungen. Die Schienen sind oft einfach pulverisiert worden, daher muss man die Strecken, auf denen ein Zug fahren soll oder überhaupt kann, genau aussuchen. Und so fahren manche Züge eben einen Riesenumweg. Der Zug, in dem wir gerade sind, kommt zum Beispiel aus Central City.«

Als sie das hörten, sahen sich Edward und Alphonse an.

»Aus Central City? Das liegt doch am andern Ende der Welt?«

»Deshalb ist er so überfüllt ...«

»Da, wo die Verbindung nicht mal mehr über einen Umweg aufrechterhalten werden kann, sind die Bahnhöfe mit Pferdekarren und Autos verbunden, die das Militär bereitgestellt hat.«

»Da ist ja wirklich was Schlimmes passiert.«

»Das war noch nicht alles. Überall kommt es zu Terroranschlägen, darunter auch die Explosion in der Schießpulverfabrik, die du eben erwähnt hast. Das war schon der siebte Fall im Zuständigkeitsbereich des Eastern Commands. Aber die Täter sind bis heute nicht gefasst.« Roy wirkte ein wenig verärgert. Genervt wischte er sich die Haare aus dem Gesicht. »Wir sind bei den Ermittlungen von Informationen aus der Bevölkerung abhängig, aber da die nicht kooperiert, haben wir praktisch nichts, worauf wir bauen können. Und so können die Täter tun, was sie wollen.

Jetzt herrscht eh schon so ein Tohuwabohu unter den Leuten und dann mischen sich auch noch die da oben ein.«

»Ach, wurden Sie deshalb nach Central City gerufen?« Edward ging ein Licht auf, als er Roy so erzählen hörte.

»Kann man so sagen. ›Reißt euch zusammen‹ lautete die Ermutigung der hohen Tiere.«

»So was nennt man ›Druck ausüben‹!«, korrigierte Havoc seinen Vorgesetzten.

Es gab viele, die gar nichts von Roy hielten: Nicht mal dreißig und schon Oberst! Natürlich gab es auch in der Führungsriege Leute, die so dachten, und wann immer etwas im Zuständigkeitsbereich des Eastern Commands passierte, hatte Roy in Central City anzutanzen, um sich einen Einlauf abzuholen.

»Aber warum sind Sie denn in Zivil?«, fragte Alphonse, ohne lange um den heißen Brei zu reden. »Sie treffen doch einen Ihrer Vorgesetzten bei der Armee. Ohne Uniform ist das doch komisch ...«

Taaa-Rumms. Auf einmal erbebte der Zug. Dann folgte das durchdringende Kreischen der Bremsen.

»Whoa!« Edward war gerade von seinem Koffer aufgestanden, um ihn zurechtzurücken, und stolperte durch den Ruck nach vorne. Ein praktisches Beispiel für den Trägheitssatz. Roy, Havoc und Alphonse streckten wie im Reflex gleichzeitig die Hand aus, um Edward aufzufangen. Schreie durchschnitten den Waggon und Gepäckstücke polterten herum. Mit einem Knirschen bremste der Zug. In diesem Moment tauchte plötzlich ein schwarzer Schatten in Edwards Blickfeld auf.

»…?«

Der Schatten eines Menschen war aus dem Nichts mitten in der Einöde erschienen. Er stand jenseits des Fensters, dessen Rahmen von der Erschütterung noch heftig zitterte. Der Schatten war klein und weit vom Zug entfernt. Das Knarren und Knirschen des Zuges, die Schreie der Passagiere und das Geräusch der umherpurzelnden Gepäckstücke – es war ein unglaubliches Durcheinander.

Gehörte dieser stille Schatten, der wie das Chaos, in dem sie sich befanden, aus einer ganz anderen Welt zu kommen schien, zu einem Felsen?

Doch gerade als Edward den Blick von dem Schatten abwenden wollte, war ihm, als würde dieser auf einmal lächeln. Er traute seinen Augen nicht, aber als er sich noch einmal vergewissern wollte, ertönte erneut das ohrenbetäubende Quietschen der Bremsen.

Mit einem letzten Squiiiiiiiie kam der Zug zum Stehen.

»Warum halten wir so plötzlich?«

»Glaubst du, es ist was passiert? Bis zum nächsten Bahnhof ist es noch ziemlich weit.«

»Ob das wieder ein Bombenanschlag ist?«

Die Fahrgäste redeten alle durcheinander und Edward schaute erneut hinaus: Von dem Schatten keine Spur, draußen nur die braune Ödnis.

»Was hast du denn?«, fragte Roy Edward, der immer noch unverwandt nach draußen starrte.

»Ach nichts. Ich muss es mir eingebildet haben. Ich hoffe, es ist niemand verletzt. Durch das Geschüttel im Zug hab ich wahrscheinlich den Schatten eines Felsens für einen Menschen gehalten.«

Damit wandte sich Edward wieder zu den anderen im Abteil um. Roy gab heruntergefallene Gepäckstücke ihren Besitzern zurück, während Havoc und Alphonse am Boden liegenden Fahrgästen die Hand reichten und ihnen wieder auf die Beine halfen. Die meisten Passagiere hatten sich irgendwo festgehalten und so den Ruck ganz gut überstanden. Obwohl sie so plötzlich gekommen war, war die Erschütterung minimal gewesen, da der Zug nicht schnell gefahren war, und so gab es glücklicherweise keine Verletzten.

Draußen lief ein Schaffner den Zug entlang und informierte alle über die Situation: »Kurz vor uns gab es eine Explosion auf den Schienen! Offenbar geht die Serie der Terroranschläge weiter. In der Nähe gibt es Einrichtungen der Armee. Sie können entweder hier auf einen Wagen warten oder zum vorherigen Bahnhof zurücklaufen. Von dort gibt es einen Sonderzug zu einem anderen, größeren Bahnhof.«

Sofort wurden Beschwerden laut.

»Schon wieder?!«

»Was zum Teufel macht die Armee überhaupt?«

»Egal ob Pferdekarren, Autos oder andere Zugverbindungen ... Das ist eine Zumutung! Hoffentlich fangen sie die Schuldigen bald!«

»Dieser Bombenanschlag ist doch auch wieder angekündigt worden. Und trotzdem haben sie keinen gefasst. Die sind echt so was von stinkfaul!«

Mittlerweile waren einige Leute ausgestiegen, machten ihrem Ärger lauthals Luft und warteten entweder auf die Karren oder hatten sich bereits auf die Socken gemacht, um zum letzten Halt zurückzugehen.

»Die Armee hat nicht gerade einen guten Ruf ... Oder, Herr Oberst? Was zum Teufel ... Urks!«

Mitten im Satz hielt Havoc Edward den Mund zu.

»Waff iff hier lof?«, versuchte der durch Havocs Hand hindurch zu fragen.

Havoc wurde blass.

»Keine militärischen Titel!«

»Hä?«

»Halt einfach die Klappe!«, raunte er Edward ungewöhnlich ernst zu.

Die Elric-Brüder tauschten einen Blick aus und benahmen sich, wie sie geheißen worden waren. Sie beobachteten, wie Roy aus dem Zug ausstieg und sich mit einem Schaffner unterhielt, ohne zu erwähnen, dass er dem Militär angehörte.

»Es gibt also keine Verletzten?«

»Nein. Es kommt wohl auch gleich ein Techniker. Da die Explosion so klein war, ist der Schienenbetrieb sicher innerhalb eines Tages wieder möglich.«

»Ach, wie gut! Wie weit ist es von hier bis zur nächsten Haltestelle?«

»Es ist nicht so weit, dass man nicht hinlaufen könnte, aber die letzte Haltestelle liegt näher.«

»Okay. Vielen Dank.«

Der Schaffner seufzte tief, als er seine Kappe wieder aufsetzte.

»Es darf doch nicht wahr sein, wie häufig diese Unfälle jetzt vorkommen. Ich wünschte wirklich, das Militär würde was unternehmen, aber die haben doch gar kein Interesse daran, die Täter zu fassen.«

»Ja.«

Roy hob vor dem nörgelnden Schaffner grüßend die Hand und kehrte zu Edward und den anderen zurück.

»Wenn wir zur letzten Haltestelle zurückgehen, haben wir nur wieder einen Umweg, weil wir über eine andere Strecke umgeleitet werden. Gehen wir weiter zum nächsten Bahnhof. Der Weg ist machbar ... Und was habt ihr vor?«

»Wenn doch nur wieder ein Umweg ansteht, gehen wir lieber auch weiter. Oder, Al?«

»Ja.«

»Dann gehen wir doch zusammen.«

»Aber ist das denn okay? Nur weil es nicht in Ihren Zuständigkeitsbereich fällt, lassen Sie das hier einfach so gut sein?«

»Es gibt keine Verletzten, daher ist alles, was wir tun können, so schnell wie möglich in die Kommandantur zurückzukehren. Los, gehen wir!«

Ein paar der Fahrgäste schlugen dieselbe Richtung ein wie Edward und die anderen, aber die meisten warteten auf die Karren und unterhielten sich. Einige von ihnen schimpften vor sich hin.

»Verdammt. Was zum Teufel soll das? Schaukeln die Heinis bei der Armee den ganzen Tag nur ihre Eier?«

»Jetzt sind schon so viele Tage vergangen und kein Terrorist ist gefasst worden. Wenn ich wen von diesen Militärtrotteln in die Finger kriege, dann blase ich ihm aber den Marsch!«

Edward warf angesichts dieser harschen Kritik einen Blick zu Roy und Havoc schräg vor sich. Die beiden gingen schweigend und mit versteinerter Miene weiter.

Als sie den liegen gebliebenen Zug hinter sich gelassen hatten und auch sonst niemand mehr in der Nähe war, der sie hätte belauschen können, machte Roy den Mund auf: »Es war die richtige Entscheidung, in Zivil zu reisen.«

»Ja.«

Edward sah zurück zum Zug, neben dem einige Passagiere gegen die aufgestapelten Gepäckstücke traten und ihren Frust herausließen.

»Es sind ja ziemlich viele Leute mit dem Militär unzufrieden.«

»Ja.«

Roy runzelte leicht die Stirn.

»Wir haben ja vorhin schon erzählt, dass seit einiger Zeit Terroristen Anschläge auf die Bahn verüben. Und das ist nun schon häufiger passiert. Wobei ... ist doch eigentlich komisch, oder?«

»...«

Edward verstand, was Roy zu sagen versuchte.

»Es ist doch unvorstellbar, dass ein Zug mit so vielen Menschen an Bord Ziel eines Terroranschlags wird.«

»Stimmt. Wie dieses Mal auch sind die Explosionen dieser Anschlagsserie immer nur klein gewesen und an menschenleeren Orten verübt worden, sodass es bisher keine ernsthaft Verletzten gegeben hat. Deshalb fahren die Leute auch immer noch mit dem Zug.«

»Aber warum beschweren die sich dann so über das Militär? Sind denn nicht die Terroristen die Bösen?«

»Die Tat wird angekündigt, und das über das Radio, damit es die Menschen mitbekommen. Aber die Ankündigung erfolgt kurz vor der Tat, daher bleibt keine Zeit, die Leute umzuleiten. Für die Bürger spielt das jedoch keine Rolle. Da niemand verletzt wird, fühlen sie sich nicht in Lebensgefahr, aber wenn die Züge zu oft angehalten werden, beeinflusst das das öffentliche Leben. Da warnen uns die Terroristen schon vor und wir Nichtsnutze vom Militär kriegen es trotzdem nicht auf die Reihe. So was wird dann daraus.«

»Ach, so ist das ...« Edward ging schweigend weiter. Die Dinge waren offensichtlich ernster als erwartet.

»Neulich gab es einen Anschlag in einer Stadt, in der das Militär sowieso schon immer einen schweren Stand hatte. Man sagt, es sei nicht schlimm gewesen ... Die Bahnstrecke, die durch die Stadt lief, wurde jedoch tagelang nicht repariert und als das Militär endlich kam, führte sich der verantwortliche Kommandant fürchterlich auf. Es endete schließlich in einer Massenschlägerei. Das Städtchen war winzig und ganz davon abhängig, seine Waren über die Schienen in die nächstgrößeren Städte zu bringen und dort zu verkaufen. Der Unmut der Bewohner hatte sich eben dadurch noch aufgestaut, dass drei Tage lang kein Zugverkehr möglich gewesen war. Im Umkreis des Eastern Commands ist das zwar anders, aber wenn rauskommt, dass man dem Militär angehört, schlägt einem aktuell schon eine ziemliche Feindseligkeit entgegen.«

»Und deshalb die Zivilkleidung.«

»Wir sind nur zu zweit. Wenn sich wer beschwert, können wir doch auch nichts tun. Wenn man es zu einem Streit kommen lässt, steht die Armee nur noch schlechter da. Besser so, als die Leute unnötig zu provozieren.«

»Das ist ja übel!«

»Na ja, wir haben uns ja neben dem Terrorismus auch noch um unseren normalen Job zu kümmern: die Aufklärung von Entführungen, Banküberfällen und so. Deshalb wollte ich eben mal alles vergessen und mich gepflegt unterhalten, aber ...«

Roy warf Edward gezielt einen Blick voller Groll zu.

»Tut mir leid.«

Die Schienen vor ihnen verschwanden in der Ferne. Eine Staubwolke wirbelte darüber auf.

»Irgendwie hab ich ein ungutes Gefühl ...«

Edward schaute in den Himmel und sah, wie sich der Rauch der Explosion langsam in der Luft auflöste.

Kapitel 2

Das Terroristen-Paradoxon

Nach fast zwei Stunden Fußmarsch, ein paarmal umsteigen und einer Autofahrt war die Dunkelheit schon lange hereingebrochen, als sie im Eastern Command ankamen. Edward und Alphonse waren auf ein Tässchen Tee eingeladen worden. Das geschäftige Durcheinander wirkte jedoch so abschreckend, dass sie einfach in der Tür stehen geblieben waren. In der Kommandantur konnte man sich buchstäblich zu Tode arbeiten. Es herrschte reger Funkverkehr und Militärpolizisten liefen geschäftig mit Papieren herum. Roy, zurück in Uniform, war wieder ganz in seine Arbeit vertieft und hatte Edward und Alphonse sich selbst überlassen.

»Herr Oberst, gerade kamen etwa ein Dutzend Bekennerschreiben und in jedem will jemand anderes für den Terroranschlag vor drei Tagen verantwortlich sein.«

»Filtere die raus, die eindeutig lügen, und geh dem Rest nach.«

»Herr Oberst, der Portier hat einen Antrag auf weitere Leute gestellt, weil er sich jetzt auch noch um die Annahme der Beschwerden aus der Bevölkerung kümmern muss.«

»Gut. Soll er haben. Passt nur auf, dass die, die dort Dienst schieben, auch einigermaßen sozialverträglich sind.«

»Herr Oberst, hier ist eine Meldung, dass das Budget zur Erneuerung unserer Wasserrohre bereits jetzt ausgeschöpft ist.«

»Leite das an die Buchhaltung in der Zentrale weiter.«

»Herr Oberst, das ist ein Brief von ganz oben. Die loben uns ein bisschen, verpassen uns aber gleichzeitig einen Einlauf.«

»Den hab ich heute schon persönlich gekriegt! Bastel einen Papierflieger aus diesem Scheißbrief und weg damit.«

Roy las die Dokumente auf seinem Schreibtisch und feuerte

gleichzeitig wie ein Maschinengewehr eine Anweisung nach der anderen hinaus.

Edward und Alphonse sahen sich an.

»Unseren Tee können wir wohl vergessen.«

»Es ist wirklich was Schlimmes passiert, während wir auf der Suche nach dem *Stein* waren.«

»Verschwinden wir. Besser, wir stören sie nicht.«

»Ja.«

Die Brüder beschlossen, sich von Roy zu verabschieden und die Kommandantur zu verlassen. Als sie auf eine Gelegenheit warteten, den Oberst kurz in seiner Arbeit zu unterbrechen, wurden sie von jemandem angesprochen: »Na, wenn das mal nicht Edward und Alphonse sind. Wie geht's euch zweien denn?«

Die beiden wandten sich um und Oberleutnant Riza Hawkeye stand vor ihnen. Ihr langes blondes Haar war straff zurückgesteckt, was ihre scharfen Gesichtszüge noch mehr hervorhob und sie irgendwie kühl wirken ließ. Tatsächlich hatte Edward diesem Eindruck gemäß noch nie gesehen, dass Roys rechte Hand Hawkeye sich von ihren Gefühlen hätte leiten lassen und sich wütend gezeigt oder auch lauthals gelacht hätte. Gelegentlich konnte man an ihrem sanften Lächeln oder ihrer liebevollen Sorge ihre Wärme spüren. Dass sie, obwohl sie kalt wirkte, in Wahrheit ein freundlicher Mensch war, konnte man auch daraus schließen, dass jeder in der Kommandantur sie halb im Spaß als »Furcht einflößend« oder »abweisend« bezeichnete, sie aber nicht unbeliebt war.

»Guten Abend.«

»Frau Oberleutnant, wie schön, Sie zu sehen!«

Hawkeye sah mit dem Dokumentenstapel in ihren Händen gestresst aus, aber schenkte den beiden Brüdern ein Lächeln zur Begrüßung.

»Leutnant Havoc hat es mir eben erzählt: Ihr hattet ja eine ganz schön anstrengende Reise hierher. Ihr seid sicher müde, oder? Erholt euch ein bisschen im Ruheraum.«

»Aber ... Sie haben doch alle so viel zu tun ...«

Edward war wirklich müde – zum einen von der Suche nach dem *Stein*, aber auch wegen des langen Fußmarschs, den sie hinter sich hatten. Er hätte auf der Stelle einschlafen können, aber wenn er sich so umsah ... Hinter den offenen Türen ging es zu wie im Ameisenhaufen.

»Ja, stimmt schon, dass wir zu tun haben. Es ist schade, weil wir uns so lange nicht gesehen haben, aber ich habe leider keine Zeit für euch. Also braucht ihr auf uns auch keine Rücksicht nehmen.«

Es war ehrlich gemeint und keine bloße Höflichkeit, daher beschlossen Edward und Alphonse, den Gefallen dankend anzunehmen.

»Das ist sehr nett von Ihnen, herzlichen Dank.«

»Ihr wisst, wo ihr hinmüsst, oder? Ruht euch gut aus.«

»Das machen wir. Gute Nacht.«

»Schlaft gut.« Hawkeye nickte ihnen noch einmal zum Abschied zu und verschwand in der nächsten Tür.

Nachdem es bereits Mitternacht geworden war und er den größten Teil der Arbeit erledigt sowie allen Anweisungen gegeben hatte, kehrte Roy in sein Büro zurück und schaffte es endlich, sich einmal hinzusetzen. In dem Raum, in dem es davor noch wie auf einem Schlachtfeld ausgesehen hatte, war nun Ruhe eingekehrt und es war nur noch eine Handvoll Soldaten im Dienst.

»Boah, bin ich müde«, murmelte Roy vor sich hin. Da ließ ihn das Klappern einer Tasse, die auf seinen Schreibtisch gestellt wurde, aufschrecken.

»Gute Arbeit heute, Herr Oberst.«

Roy schaute auf und Hawkeye stand vor ihm.

»Oh, danke.«

»Nicht der Rede wert. Hier ...« Zusammen mit dem Tee wurde Roy eine Akte über die Tischplatte zugeschoben. »Der Bericht, den Sie haben wollten ...«

»Vielen Dank.«

Und schon warf Roy einen Blick hinein. Hawkeye stand erst schweigend dabei, als Roy den Inhalt der Akte gewissenhaft prüfte, und merkte dann an: »Sicher, dass es die richtige ist?«

Roy kam ein Lächeln über die Lippen. Vor Hawkeye konnte man nichts verbergen.

»Sie meinen: ›Was wollen Sie denn mit Entführungsfällen, wenn es aktuell überall wegen der Terroranschläge brennt?‹«

»Ja. Mir ist klar, dass Sie dabei irgendwas im Sinn haben. Nur, wenn Sie Zeit haben, an Entführungsfällen außerhalb unseres Zuständigkeitsbereichs zu arbeiten, werden unsere Chefs sagen, Sie sollen sich lieber gegen die Terroristen ins Zeug legen. Sie kriegen doch nur wieder Ärger, wenn Sie sich mit was befassen, was gerade nicht notwendig ist? Deshalb mussten Sie doch auch heute dort antreten, oder nicht?«

»Na ja, deshalb stelle ich mir die als Schwalben vor.«

Roy zuckte mit den Schultern.

»Unsere Vorgesetzten sind für Sie Schwalben?«

»Was kümmert einen Vogel hoch im Himmel der Lärm am Boden? Außer seinem eigenen Flug ist nichts von Belang. Und wir am Boden brauchen keinen Gedanken an den Himmel über uns zu verschwenden. Wir müssen nur den Anführer dieser Terroristen in die Finger bekommen, dann beruhigt sich alles auf einmal. Und wenn das vielleicht mit einem der Entführungsfälle zusammenhängt, dann können wir dafür auch Ressourcen freimachen.«

»Herr Oberst, Sie glauben, es gibt einen Zusammenhang zwischen den Entführungen und der Anschlagsserie?«

»Genau das glaube ich.« Roy hatte eine der Akten aufgeschlagen. »Schauen Sie doch: Der Enkel eines altgedienten Soldaten wird entführt und es wird ein Lösegeld von acht Millionen Cens gefordert. Der Forderung wird nachgekommen, das Kind ist nach ein paar Tagen wieder bei seiner Familie. Daraufhin wird das Kind eines wohlhabenden Mannes entführt, der mit dem Direktor eines staatlichen Forschungsinstituts befreundet ist. Es wird ein Lösegeld von zehn Millionen Cens gefordert. Es wird bezahlt, das Kind freigelassen. Als Nächstes das Kind eines Militäroffiziers, eines Geheimnisträgers in Central City ... Die Reihe lässt sich endlos fortführen. Es gibt noch weitere Entführungsfälle, an denen andere Teams arbeiten ... Sie haben aber alle eines gemeinsam.«

»Die zielen nur auf Leute ab, die irgendetwas mit dem Militär zu tun haben. Im aktuellen Fall ist zwar das Kind eines Kunsthändlers entführt worden, aber seine Familie soll der Armee viel Geld gespendet haben.«

»Genau. Und es gibt noch eine Gemeinsamkeit zwischen allen Fällen: Solange das Lösegeld bezahlt wird, passiert dem Kind nichts. Bisher gab es keine Verletzten.«

»Das ähnelt dem Modus Operandi der Terroristen.«

»Die Eltern der entführten Kinder sind alle hochrangige Persönlichkeiten. Viele von ihnen sind auch in zweifelhafte Geschäfte verwickelt. Sie zahlen das Lösegeld einfach und kooperieren nicht mit den Behörden, sodass die Täter gefasst werden könnten. Wozu auch, das Kind kommt heil nach Hause, wenn sie einfach zahlen. Und dann regt sich die Öffentlichkeit wieder auf: Ist ja schön und gut, dass den Kindern nichts passiert ist, aber was macht die Armee eigentlich? Es wäre doch ihr Job, für die Sicherheit zu sorgen. Die Leute kooperieren immer seltener mit den ermittelnden Beamten, was die Aufklärung wirklich nicht einfacher macht. Und dann kommt der nächste Zwischenfall. Es ist ein Teufelskreis. Ganz genauso wie bei den Anschlägen.«

»Da keiner verletzt worden ist, richtet sich die Wut der Leute nicht auf die Terroristen, sondern auf das Militär, das augenscheinlich nichts tut, um die Täter dingfest zu machen. Die sorgen dafür, dass wir die Beschwerden abkriegen, und fordern Lösegeld von Leuten, die was mit der Armee zu tun haben …« Hawkeye dachte einen Moment mit abgewandtem Blick nach, bevor sie hinzufügte: »Die Täter haben also was gegen das Militär.«

Roy nickte. »Die ganz oben halten den Zusammenhang für zu weit hergeholt, aber ich sehe das anders. Die sind in der Lage, so viele Anschläge zu verüben – auch wenn es nur solche Miniexplosionen sind. Das bedeutet, dass sie eine gute Finanzierungsquelle haben müssen. Die einzige Einnahmequelle, die wir momentan ausmachen können, ist das Lösegeld für die Entführungsfälle.«

»Das stimmt ...« Hawkeye brachte noch einen weiteren Punkt zur Sprache: »... aber die Entführer, die die Kinder beschrieben haben, sahen doch alle unterschiedlich aus. Und keiner der mutmaßlichen Verdächtigen an den Anschlagsorten passte zu diesen Beschreibungen.«

Deshalb war davon auszugehen, dass die Terroristen und die Entführer nicht aus demselben Personenkreis stammten.

»Ah ...« Hawkeye schlug die Hand vor den Mund, als ihr ein Licht aufging. »Gibt es vielleicht jemanden, der hinter all diesen Leuten steht und die Fäden in der Hand hält ...?«

Das überforderte Militär war nicht in der Lage, eine Verbindung zwischen den einzelnen Fällen herzustellen und die von den Tätern hinterlassenen Puzzleteile zusammenzusetzen. Und diese Teile gehörten vielleicht nicht zu voneinander unabhängigen kleinen Fällen, sondern fügten sich zu einem großen Fall zusammen. Zwar gab es zum aktuellen Zeitpunkt viel zu wenig verlässliche Daten, um ein Urteil darüber fällen zu können, aber ausgeschlossen war es auch nicht.

Roy stellte sich vor, was für ein Täter herauskäme, wenn sie die Teilchen miteinander verbanden, die sie bereits hatten.

Dass dieser das fast Unmögliche möglich machte, bedeutete, dass er einen scharfen Verstand besitzen musste.

»Es könnte sein, dass wir es da mit einem Feind zu tun haben, der zäher ist, als wir uns vorstellen können.«

Mit diesen Worten schlug Roy die Akte zu.

Am nächsten Morgen verließen Edward und Alphonse die allgegenwärtige Hektik des Eastern Commands und machten sich auf ins Stadtzentrum. Roy nutzte die Gelegenheit und begleitete sie.

»Wäre es denn nicht besser, wieder in Zivil zu gehen?«

Alphonse warf einen besorgten Blick auf die Uniform des Obersts.

»Hier in der Gegend hat die Kommandantur keinen so schlechten Ruf. Wir wissen uns ja auch in der Öffentlichkeit zu benehmen.«

Damit salutierte er vor einer Frau, die ihm im Vorübergehen zugewinkt hatte. Alles war ruhig und es schien keinen offenen Groll gegen das Militär zu geben. Beschwerden wurden zwar auch hier geäußert, aber die Lage war nicht so angespannt, dass Ausschreitungen zu befürchten wären. Zwischen den Soldaten auf Patrouille und den Zivilisten gab es offensichtlich keine Reibereien.

»In der Kommandantur war dermaßen die Hölle los ... aber hier ist es ganz ruhig.«

Alphonse beobachtete, wie die Budenbesitzer ihre Verkaufsstände für das Tagesgeschäft herrichteten. Business as usual. Aber die erhöhte Präsenz, die die patrouillierenden Soldaten an den Tag legten, verriet, dass es eben doch kein friedlicher Tag wie jeder andere war.

»Wenn man das so sieht ... Es ist gut, dass den Zivilisten kein Schaden entsteht, aber anscheinend besteht der Konflikt ausschließlich zwischen den Terroristen und dem Militär.«

Egal, wer den dreien auf ihrem Weg zum Bahnhof begegnete – keinem der Passanten war auch nur ein Hauch von Angst vor einem terroristischen Anschlag anzusehen. Die ständigen Nachrichten über Zuganschläge, über die man sich beschweren konnte, waren inzwischen an der Tagesordnung.

Wie Roy gesagt hatte, sah es wirklich danach aus, dass die Menschen kaum kümmerte, was die Terroristen taten, da es keine Opfer gegeben hatte und so niemand eine direkte Gefahr für sich wahrnahm.

»Die Terroristen und das Militär ... Da könntest du recht haben, Alphonse.« Roy runzelte leicht die Stirn.

»Warum sind Sie eigentlich mit uns mitgekommen, Herr Oberst? Haben Sie nicht Ruhezeit? Wollen Sie sich denn nicht entspannen? Und dann auch noch alleine.«

Anders als Edward, der gut geschlafen hatte, hatte Roy bis in die frühen Morgenstunden durchgearbeitet. Es war unmöglich, dass er nicht erschöpft war. Und in der Tat hatte Edward mehrfach gesehen, wie Roy versucht hatte, ein Gähnen zu unterdrücken.

»Ich will mich im Fall des entführten Kunsthändlerkindes bei der Familie über was versichern. Obwohl es Arbeit ist, liegt es eigentlich außerhalb meiner Zuständigkeit. Und außerdem kann ich doch keinen meiner Leute mitnehmen, wenn gerade so viel los ist. Wenn ich nicht gerade Ruhezeit habe, habe ich ja selbst auch keine Zeit rauszugehen.«

Edward sah überrascht aus, als er das hörte. Ob gestern Abend oder gerade eben – es war das erste Mal, dass er so einen Einsatz von Roy sah.

»Herr Oberst, Sie arbeiten ja wirklich viel. Ganz im Gegenteil zu dem, was man sonst so über Sie hört.«

Roy zog irritiert eine Augenbraue hoch. »Hä? Dass ich den ganzen Tag nur in der Gegend rumstreune und blaumache, oder was?«

Die Gerüchte, die in der Kommandantur kursierten, waren ihm offenbar zu Ohren gekommen. Edward nickte, als Roy fast wortgetreu Havocs Einschätzung wiederholte.

»Genau das.«

Aber bevor Edward fortfahren konnte, fiel ihm Roy ins Wort, um diese Behauptung richtigzustellen: »Hör nicht auf so einen Mist. Sogar ich nehme meinen Job manchmal ernst.«

»…«

Mit dieser Aussage, mit der man sich nun wirklich überhaupt nicht brüsten konnte, hatte er die Gerüchte unfreiwillig bestätigt.

»Warum sagt ihr denn auf einmal nichts mehr?«

»Ach … schon gut.«

Auf Roys Blick hin, der ihn fragte: *Hast du ein Problem mit dem, was ich gerade gesagt hab?*, sah Edward zur Seite und suchte krampfhaft nach einem neuen Thema.

Alphonse war hinter den beiden hergegangen, ohne sich einzumischen, aber meldete sich nun zu Wort.

»Ähm, Herr Oberst?«

»Was ist?«

»Sollen wir eigentlich wirklich unsere Reise fortsetzen? Sie und alle anderen in der Kommandantur stehen doch total unter Stress. Und dann diese Entführungen noch oben drauf …« Alphonse geriet ins Stocken. Die Welt sprudelte vor beunruhigenden Nachrichten nur so über und Roy und die Kommandantur waren extrem beschäftigt. »Ist es denn wirklich in Ordnung, wenn wir da gar nicht helfen?«

Roy lächelte darüber, wie vorsichtig Alphonse das Thema anschnitt.

»Ihr müsst euch keine Sorgen machen.« Er kannte Alphonse' sanftmütige Art. Roys zu ihm hinauf gerichteter Blick war sanft. »Ihr dürft euch um eure eigenen Ziele kümmern … Ihr seid doch noch jung. Ich denke, es ist okay, wenn ihr noch eine Weile nur in das vertieft seid, was euch beschäftigt.«

Er musste zwar zu Alphonse hinaufsehen, aber es war der wohlwollende Blick eines Erwachsenen, der über ein Kind wacht.

»Es überrascht mich jedes Mal wieder, wie unterschiedlich ihr seid.«

Er musste nicht genauer sagen, wen oder was er gemeint hatte, damit sie ihn verstanden.

»Mir doch egal, was mir jemand sagt! Ich tu, was ich will! Helfen können wir bei Bedarf natürlich, aber dann sind Sie uns was schuldig, Herr Oberst.«

Mit übertrieben hoch getragener Nase zog Edward eine Schnute.

»Hey, da ist ja mal einer dreist.« Roy zeigte auf Edward. »Ich möchte euch nur darum bitten, dass ihr euch ein bisschen der Sicherheit der Zivilbevölkerung annehmt, wenn ihr wieder in so was wie gestern verwickelt werden solltet. Das ist zwar nicht leicht, aber ihr kriegt das schon hin. Nun, ich will nicht ausschließen, dass ich euch vielleicht demnächst noch mal um Hilfe bitte, aber erst wenn ich bereit bin, mich bei deinem frechen Bruder zu verschulden.«

»Ein Gefallen von mir kommt nicht umsonst«, sagte Edward grinsend und Roy zuckte mit den Schultern.

»Ich dachte mir, dass du das sagen würdest.«

Alphonse wusste, dass das Gespräch der beiden nur dazu gedacht war, dass er sich zu nichts verpflichtet fühlte, aber nickte ohne weitere Einwände.

»Verstanden. Wenn wieder was vorfällt, werden wir den Leuten helfen. Wir tun, was wir können.«

»Gut. Aber macht keinen Blödsinn.«

»Nein. Tun wir nicht.«

An einer Straßenecke mit ein paar Verkaufsständen hielten die drei an.

»Wir müssen hier lang.«

Aus einem der Läden strömte Kaffeeduft. Roy salutierte.

»Ihr seid ja immer unterwegs, es ist fast unmöglich, euch mal absichtlich zu begegnen. Auch wenn es Zufall war, hat es mich gefreut, euch diesmal treffen zu können.«

»Die Freude war ganz meinerseits. Grüßen Sie alle in der Kommandantur.«

»Mache ich.«

»Ach, Herr Oberst. Danke, dass wir im Ruheraum übernachten durften.«

»Gern geschehen. Viel Erfolg weiterhin bei eurer Suche nach dem *Stein.*«

»Danke.«

Beim Abschied fiel Edward ganz plötzlich der Vorfall von gestern im Zug wieder ein. An der Kreuzung, an der sich die Wege von Roy und den Brüdern hätten trennen sollen, blieb er stehen.

»Hm? Was hast du denn, Ed?«

»Schon gut.«

Vor seinem inneren Auge war gerade der schwarze Schatten wieder aufgetaucht. Langsam, aber sicher ergriff ihn ein ungutes Gefühl. Wieder schien der Schatten zu lachen und Edward schüttelte den Kopf, um dieses Hirngespinst loszuwerden.

»Was ist denn los?«

Auch Roy kam Edwards finsterer Blick seltsam vor.

»Ach … äh …«

Was er vom Zug aus gesehen hatte, war sicher nur der Schatten eines Felsens gewesen. Wenn er darüber nachdachte, hatte er ihn ja sowieso nur gegen das Licht gesehen. Da hätte es so aussehen können, als hätte der Schatten gelacht. Und in dem Tohuwabohu der Notbremsung hätte das erst recht niemand sehen können.

»Nichts, nichts …«

Er hatte Hemmungen, etwas zu erzählen, das er selbst für unwahrscheinlich hielt und bei dem er irgendwie ein ungutes Gefühl hatte. Edward schüttelte den Kopf, als wolle er einen unsichtbaren

Nebel daraus vertreiben. Der Gedanke an diesen Schatten erschien ihm auf einmal albern. Wesentlicher war es doch, sich wieder auf die Suche nach dem *Stein der Weisen* zu machen, als sich über eine Einbildung den Kopf zu zerbrechen.

»Ich musste nur kurz an etwas denken. Al, wir sollten uns auf den Weg machen.«

Edward gab Alphonse einen Klaps auf den Rücken.

»Eben erreicht uns die Eilmeldung, dass ein weiterer Anschlag angekündigt worden ist! Demnach wird in zwanzig Minuten der Güterbahnhof an der Linie Nummer sieben gesprengt. Wie sonst auch haben die Täter nicht die Absicht, Menschenleben zu gefährden. Ich wiederhole, es wurde ein weiterer Anschlag angekündigt ...«

Die Radiodurchsage, die aus einem der Läden zu hören war, ließ die drei aufhorchen.

»Es wurde ein neuer Anschlag auf die Bahn angekündigt! Der Bahnhof wird evakuiert. Bitte verlassen Sie das Gelände umgehend. In zwanzig Minuten ...«

Trotz der Dringlichkeit, mit der der Radioansager seine Nachricht verlas, blieben die Leute an den Ständen komplett unbeeindruckt.

»Schon wieder?!«

»Na, auf einem Güterbahnhof passiert schon keinem was.«

»Aber man kann doch nicht einfach tatenlos zusehen und die Dinge einfach laufen lassen!«

Roy, Edward und Alphonse waren angespannt. Roy sah auf die Uhr in seiner Hand, die beiden Brüder blickten auf die Bahnhofsuhr, die in einiger Entfernung an einem Turm zu sehen war.

»Noch zwanzig Minuten ... Das heißt, die Explosion kann noch verhindert werden, die Verbrecher sind noch vor Ort!«

Roy rannte los. Ihm war sicher bewusst, dass die Radioübertragung auch das Militär erreicht haben musste. Er machte daher nicht mal den Versuch, die Kommandozentrale zu kontaktieren. Wichtiger als das war es, vielleicht die Explosion zu verhindern oder die Täter zu fassen, wenn er schon in der Nähe war. So eine Gelegenheit durfte man nicht verpassen.

»Al!«

»Jawoll, da gehen wir mit!«

»Entschuldigung, könnten Sie das kurz für mich aufbewahren?«

Edward warf einem Standbesitzer in der Nähe seinen Koffer entgegen und rannte mit Alphonse Roy nach.

»Ich hab euch doch eben gesagt, ihr braucht nicht mitzukommen!«, schnauzte der sie im Laufen an, als er das Getrappel hinter sich hörte. Doch Edward und Alphonse hielten Schritt.

»Und ich hab Ihnen eben gesagt, ich tu, was ich will!«, schnauzte Edward zurück, ohne langsamer zu werden. Auch Alphonse folgte seinem Bruder.

»Wir helfen einfach nur den Leuten!«

Wenn direkt vor ihnen etwas passierte, konnten sie nicht einfach wegsehen. Das war nicht ihre Art. Ihre Stimmen strahlten so eine Entschlossenheit aus, dass klar war, dass es sich die beiden nicht nehmen lassen würden mitzukommen.

»Verflucht noch mal!«

Es war nicht die Zeit für Streitereien, daher beschloss Roy, dass die Brüder schon zurechtkommen würden.

»Macht keinen Blödsinn, okay? Wenn es brenzlig wird, hört ihr auf mein Kommando! Kapiert?«

Und so erlaubte er den beiden, ihn zu begleiten.

»Verstanden!«

»Jawoll!«

Vor den dreien kam der Bahnhof in Sicht.

Tick. Tack. Tick. Tack. Die Zeiger der großen Bahnhofsuhr rückten unbeirrbar vorwärts.

»Noch siebzehn Minuten ...«

Vor dem Bahnhofsgebäude angekommen, bog Roy mit unverminderter Geschwindigkeit scharf rechts ab. Alarmiert leitete die Militärpolizei die Evakuierung des Bahnhofsgeländes an. Die Menschen hatten es jedoch nicht besonders eilig – sie gingen ja davon aus, dass wie bei den anderen Zwischenfällen der Anschlagsserie keine Menschen zu Schaden kommen würden.

»Wann hört das nur mal auf?«

»Jetzt wird die Tat doch schon angekündigt! Warum kriegt ihr die Schuldigen denn trotzdem nicht?«

Einige Zivilisten nahmen ein paar Soldaten in die Mangel. Terroristen konnte man nicht trauen. Was, wenn sie plötzlich ihre Taktik änderten? Man konnte nie vorsichtig genug sein.

»Ich helfe bei der Evakuierung!«

Alphonse rannte schnurstracks auf die Treppe vor ihnen zu. Roy brüllte ihm noch eine Anweisung hinterher: »Das Bahnhofspersonal soll sich auch in Sicherheit bringen!«

»Al! Pass auf dich auf!«

Edward blieb bei Roy.

»Klaro! Aber das gilt auch für dich, Ed! Und den Herrn Oberst! ... Bitte gehen Sie vorsichtshalber von hier weg! Beeilen Sie sich!«

Alphonse rannte auf das Bahnhofsgelände, während er die aus dem Bahnhof kommenden Leute zum Gehen aufforderte.

Bog man am Haupteingang des Bahnhofs rechts ab und lief ein Stück, gelangte man zum Güterzugdepot.

Auf dem Bahnhofsvorplatz war eine riesige Menschenmenge, doch einmal kurz ums Eck und es gab nur noch einen langen Bretterzaun.

»Herr Oberst, ist das der Güterbahnhof?«, wollte Edward wissen, als er mit Roy den endlosen Zaun entlanglief.

Dieser war in etwa so hoch wie Edward groß. Was dahinter vor sich ging, war für ihn nicht ersichtlich.

»Ja, genau. Er liegt abseits der Hauptstrecke und ist dem Containerverkehr vorbehalten. Die Güterzüge von der Hauptstrecke kommen hierher, um ihre Container zu entladen, und fahren dann abends wieder zurück auf die Hauptstrecke. Die Strecke endet dort, es ist ein Sackbahnhof. Es gibt zehn Gleise, zusätzlich noch eins, das speziell für militärische Zwecke vorgesehen ist. Der Bahnhof ist ziemlich groß.«

»Und wo geht's rein?«

»Die einzige Möglichkeit, dort reinzukommen, ist entweder direkt aus dem Bahnhofsgebäude oder vom Platz vor dem Frachtkontrollbüro aus, das ein ganzes Stück vor uns die Strecke runter liegt. Aber an beiden Stellen sind Menschen. Wenn sie auch diesmal keine Leute erwischen wollen, müssen sie die Bombe einfach nur zwischen ein paar Güterzügen zünden. Und dann …« Roy rannte weiter und warf aus den Augenwinkeln einen kurzen Blick auf die Bretterwand. »Bei der Ankündigung der Attacke sind sie bereits an Ort und Stelle und man kriegt sie nicht, weil sie weg sind, bis jemand kommen kann. Wahrscheinlich haben sie auch dieses Mal vor, ruckzuck zu türmen. Wenn sie die Tat begehen wollen, ohne gesehen oder aufgehalten zu werden, werden sie sicher nicht durch den Bahnhof oder das Frachtkontrollzentrum spazieren. Dort patrouillieren ja Soldaten. Ich würde es hier versuchen …«

Roy blieb stehen.

»Autsch.«

Edward hatte den abrupten Stopp nicht kommen sehen und war ungebremst gegen Roys Schulter gerannt.

Sein Vorgesetzter duckte sich blitzschnell und zog ihn am Arm mit nach unten.

»Was soll das denn? So plötzlich!«

»Pst!« Roy unterbrach Edward und starrte in der Hocke geradeaus. »Siehst du das?«

Edward folgte Roys Blick und entdeckte einen dünnen, weißen Stoffstreifen, der über dem Zaun im Wind flatterte.

»Das weiße Teil da?«, wisperte Edward.

Roy nickte. »Das ist sehr verdächtig.«

»Echt?«

Das weiße Stück Stoff sah doch nur aus wie ein Band, das der Wind verweht hatte und an dem Zaun hängen geblieben war.

»Ist das nicht nur eine verlorene Krawatte, die der Wind verblasen hat?«

»So sieht es aus. Nur ...« Roy zeigte auf seine Stirn. »Nenn es Vorahnung. Das ist sicher eine Markierung der Täter. Das sagt mir mein sechster Sinn.«

Es mochte daran liegen, dass er in seiner Zeit beim Militär bereits viel erlebt hatte und es mehr zwischen Himmel und Erde gab, als die Augen zu sehen vermochten. Edward verstand nicht ganz, was Roy mit »Vorahnung« meinte, und legte fragend den Kopf schief.

»Vorahnung, hä?«

»Ich bin nun mal Soldat. Ich glaube nur an Dinge, die es definitiv gibt. Aber ich weiß auch, dass mir meine Sinne keinen Streich spielen.«

»Mhm.«

»Auch dir schadet es nicht, wenn du deinem sechsten Sinn vertraust. Betrachte ihn einfach als deinen Freund. Man kann ihn nicht sehen, aber er ist dein Leben lang an deiner Seite und wird dich nie verraten. Unfehlbar ist er vielleicht nicht, aber es lohnt sich, daran zu glauben.« Roy blickte von dem weißen Tuch zu Edward neben sich. »Je steiler der Weg, desto weniger Freunde hast du, die dir folgen. Und dann brauchst du deinen sechsten Sinn umso mehr. Du musst deinem Freund nicht blind glauben, aber es kann nicht schaden, ihm zumindest zuzuhören.«

»Freund, wie?« Edward bemühte sich, das zu verstehen. Er tippte sich mit dem Finger auf die Stirn und nickte. »Wenn das mein Freund ist, muss man ihm ja vertrauen können.«

»So ist es.«

»Herr Oberst, Ihr Freund nennt dieses Teil also verdächtig.«

Edward betrachtete das weiße Band. Es flatterte über der Mauer sanft im Wind. Um den Güterbahnhof herum waren Lagerhäuser gebaut worden, vermutlich um Vertriebsprozesse zu optimieren, aber das Lagerhaus in Roys Nähe war ungenutzt, wohl weil es zu weit von den Gleisen entfernt stand. Es waren auch keine Leute hier. Wahrscheinlich wurden die Dinge darin so gut wie nie gebraucht. Mit Edward im Schlepptau robbte Roy näher an das weiße Band heran.

»Es ist totenstill«, murmelte Edward.

Die Wände der Lagerhallen reflektierten das Licht der noch tief stehenden Sonne und blendeten Edward, sodass er blinzeln musste. Die Leute, die er vor dem Bahnhof erspähte, sahen so klein aus wie Ameisen und der Lärm, der immer wieder in Fetzen an ihr Ohr drang, hätte ebenso gut Musik eines Jahrmarkts sein können. Bei ihnen war es jedoch so ruhig, dass man kaum glauben mochte, dass ein Bombenattentat unmittelbar bevorstand. Und trotzdem war der Anschlag so sicher wie das Amen in der Kirche.

»Noch dreizehn Minuten.« Roy schaute wieder auf seine Uhr.

»Es tut weh, dass wir zusätzlich zur Evakuierung der Leute nicht die Manpower haben, nach Bomben zu suchen oder die Täter zu fassen«, beklagte sich Edward. »Bei einer Bombe mit Zeitzünder wären die Täter inzwischen eh nicht mehr da, oder?«

In diesem Fall wäre die Bombe schon vor Stunden platziert worden und die Bombenleger wären längst über alle Berge.

»Nein, die sind da«, war sich Roy sicher. »Die Tatsache, dass es bisher keinen Personenschaden gegeben hat, bedeutet im Umkehrschluss, dass jemand in der Nähe geblieben ist, um zur

Not die Explosion zu stoppen. Es könnte sein, dass sie deshalb kurz vor dem Anschlag die Warnung bekannt geben. Wenn man sichergehen will, dass wirklich keine Menschen zu Schaden kommen, muss einfach jemand vor Ort sein.«

Roy stoppte vor dem weißen Band.

»Schau!« Er zeigte Edward etwas.

»Ich verstehe. Herr Oberst, ich denke, Ihr kleiner Freund ist in der Tat vertrauenswürdig.«

Der Zaun war hier fein säuberlich durchtrennt.

»Hier sind sie rein und hier kommen sie wieder raus. Vielleicht ... haben sie das schon ein paar Tage im Voraus vorbereitet und mit dem Band markiert. Das wurde gründlich geplant.«

Ein Stück weiter fanden sie eine ähnliche Lücke im Zaun. Das Zaunstück war erst komplett entfernt und dann, notdürftig auf beiden Seiten von Stangen abgestützt, wieder eingesetzt worden. Von der anderen Seite drang das Geräusch von Schritten auf dem Steinboden herüber.

»...«

Edward und Roy duckten sich und hielten die Luft an. Und wieder hörte man Schritte auf dem Steinpflaster. Es wurden mehr.

»Noch zehn Minuten ...«

»Auch dieses Mal wird wieder alles gut gehen.«

Leise drangen nun auch gedämpfte Stimmen von der anderen Seite herüber. Edward schaute vorsichtig durch einen Spalt in der Wand. Zwischen den Brettern sah er in einiger Entfernung zwei Männer stehen. Die beiden suchten das Gelände systematisch ab, jeder eine Pistole in der Hand.

5
6
7
9

»Die zwei waren mal in einer Terrorgruppierung, die wir aufgegriffen und aufgelöst haben.« Auch Roy drückte sein Gesicht an die Wand. »Eigentlich sollten die weder Waffen haben noch einer Organisation angehören. Die müssen jetzt einer anderen Gruppierung unterstehen.«

»Was tun wir jetzt?«

Vielleicht konnten sie auch von woanders einen Blick hinter den Zaun werfen. Immerhin waren die beiden Männer bewaffnet und es wäre gefährlich, sie ohne Verstärkung zu stellen. Auch wenn Roy der Kommandant war, durfte er seine Männer nicht allein lassen und auf eigene Faust handeln. Im Gegenteil, insbesondere er musste jede Gefahr meiden. Roy dachte nach.

»Eigentlich habe ich noch Ruhezeit«, sagte er schließlich.

Das war zwar strikt gegen das Protokoll, aber er musste handeln. Und das sofort.

Selbst wenn ihrem Chef etwas passierte, würde niemand in der Kommandantur in so einer Notsituation den Kopf verlieren. Das Vertrauen in seine Untergebenen ermutigte Roy, aktiv zu werden.

»Wir müssen was tun.« Da es so extrem wenig Hinweise auf die Bombenleger gab, war er bereit, einige Risiken einzugehen, um an Informationen zu kommen. »Du bleibs...«

»Wehe, Sie sagen jetzt, ich soll hierbleiben, Herr Oberst«, fiel Edward ihm ins Wort.

»Als ob du darauf hören würdest ...« Roy kannte seinen Pappenheimer.

»Geht es denn in Ordnung, wenn gerade Sie, Herr Oberst ...?«

Auf Edwards Frage hin zuckte Roy mit den Schultern und lächelte.

»Alles gut ... Wir dürfen uns halt nicht erwischen lassen.«

»Erwischen lassen?«

»Sonst werde ich vielleicht wieder vom Kommandostab einbestellt.«

»Ach, dann würden wir uns doch nur im Zug wieder zufällig über den Weg laufen!«

»Wehe, du quatschst mich dann wieder so saublöd an!«

»Ich werd mir Mühe geben, ganz süß zu sein, wenn ich Sie wieder ›Papa‹ rufe!«

Bisher hatten sich Roy und Edward gegenübergehockt.

»Okay. Na, dann mal los.«

»Gut.«

Sie huschten geduckt weiter. Hinter einem dicht am Zaun stehenden Container reckten sie den Kopf. Die Stelle, von der aus sie eben hineingespäht hatten, lag im Schatten des Containers und war nun außer Sicht. Durch einen Spalt zwischen den Holzlatten beobachteten sie die nebeneinandergereihten Güterzüge auf dem Gelände ganz genau. Die Schienen verliefen parallel zum Zaun, sodass sie die Container auf den Zügen nur von der Seite sehen konnten, aber es gab auf jeden Fall keine Wachposten. Roy prüfte kurz, ob der Zaun stabil genug war, und schwang sich mit einem Satz darüber. Und auch Edward folgte ihm gewandt. Sie lauschten angestrengt, aber niemand kam angelaufen. Roy lugte hinter einer Ecke des Containers hervor. Edward inspizierte derweil die Front des Güterzuges.

Die Sonnenstrahlen fielen auf den Boden, färbten Sand und Erde mit einem blassen Weiß und tauchten den Güterbahnhof in eine dunstige Welt. Der Güterzug war mit Stahl- und Holzcontainern beladen. Von der anderen Seite sah man nur ab und zu durch die Lücken zwischen den Containern ein wenig. Das einzige Geräusch waren die langsamen Schritte eines Wachpostens auf dem Kies. Roy wich etwas vom Container zurück und huschte zu Edward hinüber.

»Wir müssen die Wache so lange ablenken, dass wir uns zwischen den Zügen verstecken können.«

»Aber wenn wir auf dem Schotter laufen, hören die uns doch.«

»Hmm.«

Die beiden sahen grübelnd auf ihre Stiefelspitzen.

»Zwei Dumme, ein Gedanke, hm?«

»Es ist zwar primitiv, aber wirkungsvoll.«

Roy bückte sich und hob einen Kiesel auf.

»Wer von uns zweien kann besser werfen?«

»Herr Oberst, wann haben Sie zuletzt Ball gespielt?«

»Hm, ist schon zehn Jahre her ... Ach nein, länger.«

»Bei mir sind es erst zwei Jahre.«

»Dann mach du.«

Roy gab Edward den Stein und machte die Wurflinie frei.

»Hoffentlich klappt es, die Wachen ganz nach hinten zwischen die Frachtgüter zu locken.«

»Bis zu dem Stahlcontainer? Kannst du so weit werfen?«

Wenn man den Stein etwas schräg über die Köpfe der Wachposten hinweg warf, war es eine ziemliche Entfernung bis zur Ladung. Edward wandte sich mit dem Stein in der Hand lässig um.

»Lassen Sie mich nur machen.« Er trat einen Schritt nach vorn und holte zum Wurf aus.

»Uuuund hepp!«

Edward schleuderte den Stein davon. Ein kurzes Pfeifen durchschnitt die Luft, gleich gefolgt vom *Klong* eines Güterwaggons in einiger Entfernung.

»Was war das?«

»Das kam von dort drüben.«

Einer der Wachmänner verschwand zwischen den Waggons, während der andere mit dem Gewehr im Anschlag hin und her huschte, um herauszufinden, woher das Geräusch gekommen war. Edward und Roy versteckten sich währenddessen zwischen den nächsten Güterwaggons. Ihre Schritte waren hörbar, wurden jedoch von den Schritten der Wachen übertönt und blieben daher unbemerkt.

»Guter Wurf.«

»Na klar.«

An der Waggonkupplung legten Edward und Roy eine Verschnaufpause ein.

»Hey, was war das für ein Geräusch?«, hörten sie jemanden in einiger Entfernung sagen.

»In irgendeinem Container muss was von der Ladung umgefallen sein. Also egal ...«, rief einer der Wachmänner von eben zurück.

»Wir müssen nur noch den Knopf drücken. Haltet weiter die Augen offen!«

»Das brauchst du uns nicht extra sagen!«

Die Wachen kehrten wieder auf ihren Posten zurück. Roy beobachtete, was dort hinten vor sich ging, und wisperte Edward zu: »Das da muss das Sondergleis für das Militär sein.«

»Die Bombe ist also dort platziert worden ... aber ist es nicht gefährlich, wenn wir ihr zu nahe kommen?«

»Es ist nur gefährlich, weil wir die Bombe nicht genau lokalisieren können. Aber ich will rausfinden, was die Terroristen für eine Ausrüstung haben, welche Waffen und mit wie vielen wir es eigentlich zu tun haben. Ein bisschen näher können wir uns noch anschleichen, ohne dass es zu leichtsinnig wird. Und klar, falls es sich ergibt, verhindern wir die Explosion.«

Sie pirschten sich leise von Kupplung zu Kupplung an.

»Sieben Personen. Komisch, sie tragen keine Terroristensymbole.« Roy musterte die Wachposten. »Der Kerl vorhin und der dort drüben tragen zwar Symbole, aber unterschiedliche ...«

Terroristische Gruppierungen gaben sich oft einen Namen oder ein Symbol, um Präsenz zu zeigen. Manchmal waren sie in Gewehrläufe geprägt, manchmal an ihrer Kleidung angebracht.

Bei den Gegnern, die Roy hier beobachtete, war jedoch keine Einheitlichkeit zu erkennen. Dennoch waren sie wie eine einzige Gruppe organisiert.

»Es wäre echt scheiße, wenn diese Hypothese stimmt.« Roy fluchte innerlich. Die Theorie aus dem Gespräch mit Hawkeye am Vorabend schien sich zu bewahrheiten. *»Es könnte sein, dass wir es da mit einem Feind zu tun haben, der zäher ist, als wir uns vorstellen können«*, hatte er gesagt. Er hatte das Ausmaß des Problems unbewusst richtig erfasst, als es Realität wurde.

Edward hatte zwischenzeitlich weiter das Gelände ausgekundschaftet und rief den frustrierten Roy leise zu sich: »Herr Oberst, hierher!« Er zeigte Roy etwas zwischen den Schienen. »Schauen Sie doch!«

Dort waren zwei große Autos abgestellt, die normalerweise nicht dort stehen würden. Sie hatten kein Dach, sodass der Blick auf die Sitze frei war. Die dicken Räder zeigten, dass sie geländegängig sein mussten.

»Das sind Geländewagen«, stellte Edward fest.

Sie gingen zum vorderen Teil eines der Wagen, um sich zu vergewissern, dass niemand in der Nähe war, und verschnauften einen Moment. Der Platz hinter den Sitzen war vollgestopft mit Waffen.

»…«

Roy nahm eine der Pistolen in die Hand. Am Lauf trug sie das Symbol einer Terroristengruppierung, die angeblich schon vor Jahren zerschlagen worden war. Es war ein Riesenarsenal an Waffen, darunter Handfeuerwaffen, Gewehre und Handgranaten – alles von Standardschusswaffen bis hin zu solchen, die für Terroristen eigentlich viel zu teuer sein müssten. Und sie trugen die unterschiedlichsten Markierungen.

»Verdammt noch mal. Feiern die Terroristen hier Klassentreffen oder warum sind hier so viele? Was haben die nur vor?«

Als Roy dieses Mal leise fluchte, waren Schritte von den Gütergleisen am anderen Ende zu hören. Roy und Edward gingen schnell in Deckung.

»Mach dich bereit für den Rückzug. Dalli, sonst ist das Militär mit seinen Waffen hier«, rief jemand laut. Ein paar Männer tauchten zwischen der Fracht auf und stiegen einer nach dem anderen in die Autos. Roy prägte sich ihre Gesichter ganz genau ein.

»Okay, Abflug.«

Ein Mann, vermutlich der Anführer, hob die Hand und der Wagen setzte zurück ans andere Ende der Gleise, wendete und fuhr zu der Stelle im Zaun, an der Roy und Edward hereingekommen waren. Die beiden hörten gleich darauf Bretter einstürzen – die mit dem weißen Band markierte Stelle hatte tatsächlich als Ausgang gedient. Wenn man den Fluchtweg auf diese Weise vorbereitete und tarnte, fiel kaum auf, dass ein Loch im Zaun war. Und beim Abhauen musste man nur kurz mal dagegenstoßen und er fiel um. Das war ziemlich gut kalkuliert.

Als die zwei Geländewagen losgefahren waren, hatte Roy schnell auf seine Armbanduhr geschaut.

»Noch sieben Minuten …«

»Da könnten wir die Explosion doch noch verhindern, oder?«

»Aber wenn nicht, müssten wir uns sofort in Sicherheit bringen.«

Sie rannten augenblicklich los, kletterten über Kupplungen und suchten auf ihrem Weg bis zum hintersten Gleis alle abgestellten Waggons ab. Auf den Containern standen die Namen von Fabriken, die militärische Waffen und Ausrüstung herstellten.

»Hab sie!«, schrie Edward, als er unter einem Waggon hindurchspähte.

Ein quadratischer Kasten befand sich auf einem Stahlrahmen unter dem Zug. Roy vergewisserte sich selbst. Die Bombe hatte einen kurzen Zeitzünder und lange, dünne Säcke, voll mit Schießpulver, lugten unter der Uhr hervor.

»Herr Oberst, Sie kennen sich mit so was aus?«

»Ja.«

Nach sorgfältiger Prüfung riss Roy ohne zu zögern einen der Leitungsdrähte, die in den Säckchen steckten, heraus.

Der laufende Timer stoppte und sie atmeten erleichtert auf.

»Bei diesem Sprengsatz steckt echt kein Wumms dahinter. Alles zusammen würde nur einen kleinen Teil des Abfertigungsgeländes zerstören. Verletzte wären auch diesmal nicht zu erwarten.«

Er nahm die Säckchen mit dem Schießpulver aus der Kiste und wickelte eines nach dem anderen aus.

»Die Terroristen besitzen so viele Waffen, aber anstatt damit direkt gegen jemanden vorzugehen, basteln sie Bomben. Aber was soll das mickrige Zeug? Was denken die sich nur dabei?«

Edward legte den Kopf leicht schief. »Vielleicht reicht es ihnen, nur Aufsehen zu erregen? Die Überbleibsel der aufgelösten Gruppierungen rotten sich zusammen, bringen Unruhe unter die Leute, rächen sich an der Armee oder so ...?«

Roy legte erst mal das Schießpulver zur Seite. Man sah ihm an, dass er nicht überzeugt war. Es war nicht weit hergeholt, dass sich einzelne übrig gebliebene Terroristen aus Rache zu einer neuen Vereinigung zusammenschlossen. Aber dafür war alles zu gut vorbereitet und verlief zu reibungslos. Man konnte also nur vermuten, dass es irgendwo eine zentrale Person gab, die alles geplant hatte und die Fäden in der Hand hielt. Aber was war der Zweck des Ganzen?

»Wir müssen uns das genauer ansehen.« Roy war tief in Gedanken versunken gewesen, aber wandte sich nun an Edward: »Das war gut. Wir haben zwar nicht so viel herausgefunden, aber trotzdem war das ein Erfolg.«

»Na ja, wir haben die Explosion verhindert.«

»Ja. Menschenleben waren auch diesmal nicht in Gefahr, daher muss ich auch meinen Vorgesetzten nicht Bericht erstatten.«

Die Täter waren zwar flüchtig, aber Edward und Roy hatten einiges herausgefunden: wie sie aussahen, welche Waffen sie hatten und auch die Art und Weise, wie sie die Bomben platzierten. Niemand war den Terroristen je zuvor am Tatort begegnet. Also war dieser Einsatz ein großer Gewinn. Die Evakuierung der Station war wahrscheinlich inzwischen abgeschlossen und sie hörten aus der Richtung des Bahnhofs eine Kommandostimme, die die Truppen befehligte.

»Erster Trupp, riegelt die Nordseite ab!«

»Ruft das Räumkommando!«

Edward reckte sich, um das geschäftige Treiben, das von den Bahnhofsgebäuden in der Ferne kam, besser hören zu können.

»Wir sollten hier schleunigst verschwinden und uns wieder auf den Weg machen.«

»Ich komm mit.«

Sie waren im Begriff zu gehen, da wurde es mit einem Mal finster.

»Hä?«

»...?«

Etwas Dunkles durchbrach das Sonnenlicht direkt vor ihnen, als würde es sich aus dem Schatten des Güterzuges heraus erheben. Edward und Roy verstanden nicht sofort, woher der Schatten auf einmal gekommen war. Auf dem Container stand ein Mann. Sie waren nur einen kurzen Moment nicht auf der Hut gewesen. Fast gleichzeitig erkannten Edward und Roy, dass es sich um einen der Terroristen handelte, und der Koloss schaute vom Container auf sie hinunter.

»Mannomann. Da will man nur schnell was holen, was man liegen gelassen hat, und stößt gleich auf Ratten. Eine mit schwarzem und eine mit goldenem Pelz.« Er betrachtete sie, als wären sie seltene Insekten. »Na, sieh einer an. Ein Herr Soldat und ein Kind. Das ist eine Kombination, die man nicht sehr oft sieht.«

Edward und Roy wussten nicht recht, was sie von dem Mann halten sollten, der auf sie hinuntergrinste.

Dieser machte überhaupt nicht den Eindruck, erwischt worden zu sein oder irgendwie ein schlechtes Gewissen zu haben. Stattdessen sprach er mit den beiden so herablassend wie mit zwei Blöden. Und dass er, ohne irgendein Geräusch zu machen, auf den Container geklettert war, zeigte, wie sportlich er sein musste. Er wirkte trotz seiner Leibesfülle wirklich durchtrainiert. Roy erkannte ihn als den Anführer der Gruppe im Jeep wieder.

»Sie sind also für diese Serienanschläge in der letzten Zeit verantwortlich ...?!« Roy baute sich vor ihm auf, aber der Mann verzog keine Miene, so als hätte er ihn überhaupt nicht gehört.

»Ei ei ei. Ihr Lausbuben habt mir meine kleine Bombe entschärft und uns die Mission versaut.«

Sein Blick fiel auf das verstreute Schießpulver zu ihren Füßen.

»Gael! Was treibst du denn? Die Knarre, die du vergessen hast, liegt hier drüben!«

Der Mann, den sie Gael gerufen hatten, drehte sich zu jemandem auf der anderen Seite des Containers um. »Ach echt? Da drüben?«

Gael schickte sich an, die andere Seite des Containers hinunterklettern. Es war, als wären Edward und Roy nur zwei weitere Kieselsteine auf seinem Weg gewesen.

»...«

Die beiden waren erstaunt, wie wenig eilig es die Bombenleger hatten. Das hatten sie wirklich nicht erwartet. Roy wollte Gael hinterher.

»Halt!«

Beim Klang von Roys Stimme kam auch Edward wieder zu sich.

»Hiergeblieben!«

»Keine Bewegung!«

Roy griff nach seinem Pistolenhalfter, um Gael aufzuhalten.

Dieser fuhr herum.

»Nö. Ich geh jetzt heim.«

Er sprang vom Container hinunter, noch bevor Roy seine Waffe zücken konnte.

»Er ist auf der anderen Seite!«

Edward eilte ihm nach. Doch in diesem Moment gab es einen lauten Knall und sie erstarrten vor Schreck. Es hörte sich an, als hätte etwas Gigantisches einen Stahlcontainer getroffen.

Doooooooongggggg! Der Nachhall kam aus dem Container direkt vor ihnen.

»…?«

Der riesige Container neigte sich wie in Zeitlupe zur Seite.

»Hä?«

»Was?«

Es waren schwere Stahlcontainer. Es war undenkbar, dass man sie umkippen konnte.

»Mu ha ha ha ha ha«, ertönte eine dreckige Lache auf der anderen Seite des Containers. »Das ist die Strafe dafür, dass ihr die Bombe entschärft habt!«

Zusammen mit Gaels Worten stürzte der riesige Container auf Roy und Edward zu.

»Is nich wahr, oder?«

Gael hatte blitzschnell erfasst, dass er den Container von der anderen Seite umstürzen lassen konnte, doch das hatten sie nicht sofort verstanden.

»Los! Weg hier!«

Roy behielt einen klaren Kopf und die beiden versuchten, sich in Sicherheit zu bringen. Der Stahl knarrte und eine gewaltige Vibration war zu spüren.

»Was ist das nur für eine irre Kraft?«

Die beiden entkamen nur knapp und der Aufprall erzeugte eine Staubwolke, die ihnen kurz die Sicht nahm.

»Was ist das für ein Kerl?!«

Die Explosion und die Erschütterungen hallten durch das Abfertigungsgelände, und als wieder Ruhe einkehrte, war Gael natürlich wie vom Erdboden verschwunden.

»…«

Edward und Roy konnten nichts mehr tun, als fassungslos auf den umgestürzten Container zu starren.

Kapitel 3

Ein geselliger Gasthof

»Du, Al ... Glaubst du, dass man von einem bösen Geist verflucht werden kann?«, fragte Edward Alphonse, während sein Haar im Fahrtwind tanzte, der durch das offene Fenster ins Abteil hereinwehte.

»Von einem Geist verflucht werden?«

»Genau.« Edward nickte ernst. »Es heißt doch immer, wenn einfach nichts klappt und alles in die Binsen geht, ist man von einem bösen Geist verflucht.«

»Höh ... Hmm ... Das kann doch auch nur eine Pechsträhne sein. Wie kommst du denn plötzlich auf so was?«, wollte Alphonse von Edward wissen.

Der saß ihm gegenüber und starrte geistesabwesend aus dem Fenster.

»Wir haben in letzter Zeit einfach kein Glück. Ich glaube ja eigentlich nicht an so was, aber wenn uns vielleicht wirklich wer verflucht hat, wäre es mir nicht recht.«

»Ach, das meinst du ...« Alphonse verstand. »Stimmt, irgendwie hat uns das Glück neuerdings schon verlassen ...«

»So ist es.« Edward stützte den Ellbogen auf den Fensterrahmen auf und legte das Kinn in die Hand. »Die Welt ist so voller schlechter Nachrichten und wir sind mittendrin. Ich wollte unsere Reise wirklich mit einer neuen positiven Einstellung fortsetzen, aber das ging ja von Anfang an wieder in die Hose. Das ist so deprimierend.«

Edward seufzte und vor dem Fenster zog die Landschaft an ihnen vorüber.

Wegen der Unruhen am Güterbahnhof waren Edward und Alphonse erst zwei Tage später als geplant wieder aufgebrochen.

Da Edward einem der Terroristen so unmittelbar gegenübergestanden hatte, hatte er zwei Nächte in der Kommandantur verbringen müssen. Das Militär hatte unbedingt eine genaue Täterbeschreibung gewollt und so war Edward immer wieder befragt worden. Nachdem sie sich danach wieder auf den Weg gemacht hatten, um einem weiteren Hinweis nachzugehen, jemand hätte den Stein der Weisen gesehen, hatten die beiden Elrics bei ihrer Ankunft festgestellt, dass der angebliche Stein bereits den Besitzer gewechselt hatte. Zwar hatten sie die Spur noch in eine weitere Stadt verfolgt, allerdings leider nur, um dort festzustellen, dass es sich lediglich um einen teuren Rubin gehandelt hatte.

Obwohl das alles nicht so ungewöhnlich war, hatte die Reihe von Fehlschlägen, die sie in so kurzer Zeit hatten hinnehmen müssen, Edward offensichtlich zu der Annahme verleitet, sie seien von jemandem verflucht worden.

»Na ja, wenn's schon mal wieder ein Schuss in den Ofen ist, ist es doch besser, wir wissen es schon nach drei Tagen und nicht erst nach zwei Wochen wie letztes Mal«, versuchte Alphonse seinen Bruder aufzumuntern. »Und außerdem: Du und der Herr Oberst habt die Terroristen doch live gesehen, ohne dass euch was passiert ist! Das ist doch auch was Gutes, oder nicht?«

»Njaaa, stimmt schon.«

Gaels ungewöhnliche Taktik hätte Edward und Roy fast kalt erwischt. Es war in der Tat ein großes Glück gewesen, dass sie dem umstürzenden Container noch so knapp hatten entgehen können. Um die Erinnerung daran loszuwerden, breitete Edward die Landkarte in seiner Hand vor sich aus.

»Al, du hast recht. Steigen wir beim nächsten Halt aus, bevor die Sonne untergeht. So weit sollte der Zug zumindest kommen, bevor es den nächsten Anschlag gibt. Man kann dann wohl schon sagen, dass sich unser Glück wendet ... Übernachten wir einfach in der nächsten Stadt.« Edward deutete auf eine Stadt auf der Karte und lächelte. »Vertrauen wir einfach darauf, dass wir dort einen starken Hinweis auf den Stein der Weisen oder was ähnlich Gutes finden.«

Als Edward und Alphonse schließlich auf den Bahnsteig hinaustraten, war es bereits Abend geworden. Dank eines Baches in der Nähe war die Stadt recht grün und aus den Fenstern schien den beiden Licht entgegen. Es war ein vollkommen gewöhnliches Städtchen, wie man es im Umkreis des Eastern Commands häufig fand. Der Bahnsteig bot jedoch ein so ungewöhnliches Bild, dass die beiden Brüder es nach dem Aussteigen erst einmal auf sich wirken lassen mussten.

»Boah, ist das viel Zeug.«

Vor den Brüdern stapelten sich Berge von Kisten auf dem Bahnsteig. Holzkisten, wohin man auch schaute. Alles war voll. Ein einsamer Mann war damit beschäftigt, Kiste um Kiste umzuräumen und Ordnung zu schaffen. Es war nicht ungewöhnlich, dass am Bahnhof eines Städtchens, in dem es keine größere Industrie gab, auch keine Lagerhallen vorhanden waren. Hier war es genauso. Es war weit und breit kein Gebäude zu sehen, das der Lagerung hätte dienen können, und die Kisten waren einfach so aufeinandergestapelt.

»Was tun Sie denn hier mit all den Sachen?«

Der Mann sah auf, als Edward ihn ansprach.

»Oh, Pardon. Ich hätte einen Gang freilassen sollen.«

Der Mann wischte sich den Schweiß von der Stirn und schob ein paar der Kisten zur Seite, sodass die Brüder vorbeikonnten.

»Was machen Sie denn hier?«, fragte Alphonse.

Der Mann stützte sich auf eine der Kisten.

»Na ja, wegen der ganzen Anschläge ist das hier die einzige Strecke, die noch normal benutzbar ist. Deshalb kommt jetzt so viel Güterverkehr zu uns.«

Der Mann überprüfte den Frachtaufkleber auf einer der Kisten und stellte sie auf einen Stapel hinter sich. Wie es schien, war er dabei, sie zu sortieren.

»Dieser Bahnhof ist zwar nicht groß, aber wir haben noch ein paar Gleise mehr, da hier früher Zugführer ausgebildet wurden. Zum Rangieren und Umkehren sind die gar nicht so unpraktisch und wenn mal wieder wegen eines Anschlags die Gleise unpassierbar sind, wird eben hier be- und entladen. Allerdings ...« Der Mann lächelte bitter. »Lagerhallen gibt es bei uns keine, daher werfen die die Sachen alle einfach hier auf den Bahnsteig. Und da liegen sie eben rum, bis ein Zug kommt, der sie an ihren Bestimmungsort bringt. Aber das ist nicht gerade günstig, wenn man ein- oder aussteigt, daher hilft es nichts: Es muss hier irgendwie aufgeräumt werden. Und außer mir macht es keiner.«

Jetzt, da er es sagte: Hier war sonst tatsächlich niemand. Edward stellte fest, dass der Mann ganz allein Ordnung in dieses Kistenchaos brachte.

»Sie machen das wirklich ganz ohne Hilfe? Warum denn das? Dieser Bahnhof wird doch von so vielen genutzt?«

Der Mann sah zwar halbwegs durchtrainiert aus, aber es musste doch unheimlich anstrengend sein, all diese Kisten allein zu schleppen. Trotzdem war weit und breit kein Helfer zu sehen.

»Ihr habt doch sicher gehört, dass vor drei Tagen ein Frachtdepot des Militärs zerstört worden ist.«

»Ja.«

»Das hier sind Waffen und Munition, die von dort aus an regionale Militäreinrichtungen hätten geliefert werden sollen. Aktuell rasten alle aus, weil sich das Militär den Terroristen gegenüber so unfähig zeigt. Da ist ja nachvollziehbar, dass sie lieber die Finger von dem Armeekram lassen.«

»Und sie wollen die Finger nicht davon lassen?«

»Ha ha ha. Ich würde schon gerne. Aber ich war selber mal bei der Armee. Ich weiß, dass die es auch nicht leicht haben.«

Der Mann sah aus, als wäre er Mitte dreißig, höchstens Anfang vierzig. Auf jeden Fall viel zu jung für eine reguläre Entlassung aus dem Militärdienst. Da schob er den rechten Ärmel zurück.

»Das habe ich davon, dass ich meinem Land gedient habe. Ich habe keine Einschränkungen im Alltag, aber ein Gewehr kann ich nie wieder halten. Im Kampf gegen ein paar Dissidenten hat es mich eben erwischt … Die Armee kämpft jetzt ja auch wieder gegen Terroristen. Ich will mit meiner Räumerei die Jungs unterstützen, die aktuell im selben Boot sitzen.«

Am rechten Arm hatte er eine Riesennarbe. Das musste der Grund für seine vorzeitige Freistellung gewesen sein.

»...«

Edward ging zu dem Mann und schnappte sich eine Kiste.

»Was tust du da?«

»Ich bin Edward. Wir helfen Ihnen. Soll ich das dort drüben aufstapeln?«

»Äh, ja ... aber ...«

»Wie heißen Sie?«

»Wie? Oh, ich bin Greg.«

Der Mann zögerte, aber Alphonse hatte schon die nächste Holzkiste gepackt.

»Hallo, Greg. Ich bin Alphonse. Bitte lassen Sie uns doch helfen.«

»Danke, aber ...«

Donk. Edward setzte seine Kiste ab.

»Zu dritt geht es doch viel schneller als alleine.«

Auch wenn es Edwards eigene Entscheidung gewesen war, Befehlsempfänger beim Militär zu werden, empfand er es immer als lästig. Er mochte das Militär nicht und hätte nie sein Leben dafür aufs Spiel gesetzt. Er konnte jedoch verstehen, was Greg für seine Kameraden empfand, und hob eine weitere Kiste hoch.

»Die kommt hierher, ja?«

Bämm. Die Adressaufkleber auf den aufgestapelten Kisten zeigten die verschiedenen Militärstandorte. Auch »Eastern Command« stand auf einigen geschrieben. Edward dachte an die Leute dort. Er mochte zwar das Militär als solches nicht, aber ein Kameradschaftsbewusstsein hatte er schon.

»Wenn ich dem Herrn Oberst schon nicht direkt helfen kann, kann ich doch zumindest das hier tun.«

Edward strahlte, als er die nächste Kiste in eine Ecke stellte.

Und so leisteten auch die Gebrüder Elric zusammen mit dem einsamen Armeeunterstützer am Bahnhof ihren bescheidenen Beitrag.

»Da sind wir.« Greg blieb vor einem Haus stehen. »Es ist ein bisschen laut, weil auch eine Schenke drin ist, aber es ist eine gute und günstige Unterkunft. Und das Essen ist auch nicht schlecht.«

»Es reicht mir schon, wenn ich mich hinlegen kann.«

Sie hatten bis zum Einbruch der Dunkelheit Kisten verräumt und als Greg erfahren hatte, dass Edward und Alphonse in der Stadt übernachten wollten, hatte er sie zu einem Gasthaus gebracht. Aus dem großen, zweistöckigen Gebäude drang Gelächter. Die Einheimischen gönnten sich offensichtlich schon fröhlich ihr Feierabendbier. Greg öffnete Edward und Alphonse die Tür.

»Chefin! Ich hab Gäste mitgebracht!«, rief er hinein.

»Willkommen, willkommen! Kommt rein.« Eine heitere Frauenstimme begrüßte die Brüder.

Im Erdgeschoss befand sich die Schenke. In der Mitte standen große Tische, an denen die Männer ausgelassen becherten. Einer von ihnen schenkte den Neuankömmlingen ein freundliches Lächeln.

»Sieh an, ein Ritter in Rüstung und so ein hübscher Junge, das sind ja seltene Gäste.«

Das musste der Wirt sein.

»Äh, wir hätten gern ein Zimmer, geht das?«

Der Mann lachte. »Ja, sicher, sicher. Aber vorher trinkt ihr noch was mit uns!«

»Nein, ich darf nicht. Ich bin noch nicht volljährig ...«

»Ach Schnickschnack, ha ha ha!«

Die Männer an den anderen Tischen fielen in sein Gelächter ein.

»Greg, komm du auch mal her und trink einen mit uns!«

»Spielst du immer noch Bauklötzchen mit dem Kram von der Armee? Lass den Mist doch einfach liegen, der verrottet schon irgendwann! Hey, bis dahin ist das Ein- und Aussteigen ein bisschen umständlich, aber wen kümmert das schon?«

»Genau. Keine Scheu, ihr könnt schon mit uns mittrinken! Ihr braucht euch nicht zurückhalten, nur weil ihr noch minderjährig seid!«

Man merkte, dass sie schon ziemlich blau waren.

Edward musste unwillkürlich lachen. Als er erfahren hatte, dass sie Greg ganz allein am Bahnsteig herumräumen ließen, hatte er die Städter für ziemlich unsympathisch gehalten, aber dem war offensichtlich nicht so. Man konnte eher sagen, dass sich die Unzufriedenheit mit der Armee sogar in einer so heiteren Stadt wie dieser zeigte. So ernst war diese Serie an Zwischenfällen also mittlerweile geworden.

Edward dachte, wie schwer es das Eastern Command haben musste, aber hier umgab die Elrics heiteres Gelächter, das der Trübsal den Garaus machte. Es waren auch einige Leute nur auf der Durchreise, aber diese zechten ebenso feuchtfröhlich mit.

Nachdem sie nun schon tagelang nur schlechte Nachrichten wie die zu den Bomben gehört hatten, fiel endlich die Anspannung von Edward und Alphonse ab und sie lachten gemeinsam mit den anderen Gästen.

»Mann, Schatz, du bist ja schon wieder total dicht! Und kein Bier für den Kleinen! Ich weiß schon: Gleich und gleich gesellt sich gern, also geh mal da rüber zu den anderen Schnapsnasen!«

Die Frau, die Greg »Chefin« genannt hatte, schleifte ihren Mann am Ohr zu seinem Stammplatz, woraufhin alle in schallendes Gelächter ausbrachen.

»Ha ha ha. Ja, da sieht man, wer die Hosen anhat.«

»Die Wirtin ist Weltmeisterin im Ohrenziehen. Ich würde immer wieder hier absteigen, nur um das zu sehen!«

»Ha ha, dann bleib doch einfach hier! Was an dieser Stadt einmalig ist: Es gibt nix! Gar nix!«

»Nee, zu ruhig ist auch nix!«

Die Männer lachten fröhlich, als sie sich gegenseitig zuprosteten.

»Boah, macht ihr vielleicht einen Radau! Jungs, kommt doch mal her zu mir.«

Die Frau drängte die Jungen, nach oben zu gehen, und machte ein entschuldigendes Gesicht, als ihnen von hinten nachgerufen wurde: »Huhu, stellt doch einfach euer Gepäck ab und trinkt was mit uns!«

»Es tut mir leid. Lasst euch keine Angst einjagen.«

»Alles gut. Es ist schon eine Weile her, dass wir so fröhliches Gelächter gehört haben, da tut das mal wieder gut.«

In den letzten Tagen war das einzige Lachen, das Edward zu Ohren gekommen war, das von Gael gewesen. Das Gelächter hier war jedoch in keiner Weise so dreckig wie seines.

»Hier in der Stadt gibt es zwar eigentlich nichts, aber es kommen trotzdem viele Reisende her, weil der Bahnhof ein wichtiger Verkehrsknotenpunkt ist und die Verbindungen in die Städte und aufs Land sich hier kreuzen. Deshalb sind die Leute hier wohl so extrovertiert. Die Stammtischbrüder saufen hier jeden Abend und ziehen die Reisenden mit rein. Da kann man einfach nichts machen.«

Die Frau öffnete eine der Türen im Korridor.

»Hier, bitte, das ist euer Zimmer. Gegessen habt ihr wahrscheinlich auch noch nichts, oder? In der Schenke sind zwar die ganzen Besoffenen, aber wenn euch das nichts ausmacht, kommt doch zum Essen wieder runter.«

»Ja.«

»Sie machen zwar viel Krach, aber sind alle nett. Es sind auch viele Reisende da. Kann gut sein, dass ihr interessante Geschichten zu hören bekommt. Na dann ... bis nachher!«

Alphonse kicherte, als die Tür ins Schloss fiel.

»Das ist ja wirklich ein geselliger Gasthof.«

Edward setzte seinen Koffer ab und streckte sich.

»Jaaa. Sie sind halt an die Gesellschaft von Touristen gewöhnt.«

»Die haben auch gar kein Wort darüber verloren, wie ich aussehe.«

Edward war ja noch ein Kind und mit Alphonse in seiner Rüstung hatten sie auf ihren Reisen immer viele neugierige Blicke auf sich gezogen. Sie sahen wirklich nicht aus wie Durchschnittstouristen. Nur in dieser Stadt interessierte das, angefangen bei Greg am Bahnsteig, offenbar niemanden.

»Die heißen vielleicht einfach jeden willkommen … so wie er eben ist.«

Edward setzte sich aufs Bett und ließ sich mit einem Pfluff nach hinten in die Federn fallen.

»Das erinnert mich an die betrunkenen Alten in Resembool.«

Er schloss bei der Erinnerung an seine Heimatstadt die Augen. Eine Straße, gesäumt von Steinhaufen und weiten Weiden. Ein bisschen Grün und Schafe, die auf den Hügeln ruhig grasten. Das Gelächter der Feldarbeiter. Bei der Erinnerung strahlte auch Alphonse.

»Wie es allen wohl geht …?«

»Ja, das frage ich mich auch.«

Es gab dort anders als in der Stadt keine hohen Gebäude, Industrieschornsteine oder das allgegenwärtige Geräusch der Dampfmaschinen. Es war ländlich, mit nichts als blauem Himmel, aber es war ein wichtiger Ort für Edward und Alphonse. Da drang von unten wieder das Gelächter der Gäste an ihre Ohren und holte sie aus ihrer Träumerei zurück in die Gegenwart.

»Die haben vielleicht einen Spaß!« Edward holte Schwung und sprang mit einem Satz aus dem Bett. »Dann gehen wir mal essen.«

»Ja.«

Alphonse erhob sich ebenfalls von dem Stuhl, auf dem er Platz genommen hatte. Er hatte keinen Körper mehr. Da seine Rüstung leer war, konnte er nichts zu sich nehmen. Aber trotzdem leistete er Edward beim Essen gerne Gesellschaft. Sie gingen gemeinsam die Treppe hinunter. Ihr Aussehen hatte sich verändert, aber so vieles war gleich geblieben, seit sie aus Resembool aufgebrochen waren.

Unten schlief der Wirt bereits mit dem Kopf auf einem der Tische seinen Rausch aus.

»Da seid ihr ja.«

»Wir haben auf euch gewartet.«

»Kommt doch her.«

Die, die noch wach waren, lallten mittlerweile ordentlich. Trotzdem tranken sie fröhlich weiter, redeten und lachten. Edward bestellte ein Essen für sich und steuerte, eine Tasse Kaffee in der Hand, mit Alphonse auf einen der Tische zu.

»Entschuldigung, ist hier noch frei?«

»Klar, klar, haut euch her.«

»In guter Gesellschaft macht es noch mehr Spaß, die Nacht durchzuzechen. Ihr hattet noch nichts zu essen, ja?«

»Wie heißt ihr denn?«

»Ich bin Edward! Und das ist Alphonse.«

Sie waren im Kreis gut gelaunter Leute, was sie wieder an Resembool erinnerte. An die stillen und traurigen Momente dort dachten sie nicht gern zurück, aber bei den fröhlichen sah es ganz anders aus. Sie wollten daher einfach die Atmosphäre genießen, als Ausgleich dafür, dass in letzter Zeit so viel schiefgelaufen war.

»Erzählt ihr uns was von eurer Reise? Egal was.«

»Ja, genau. Erzählt uns was!«

»Alphonse ist aber stattlich!«

»Greg hat erzählt, dass ihr die Kisten zu dritt aufgeräumt habt.«

Die Elrics wurden in die verschiedensten Gespräche verwickelt. Edward gesellte sich zu einigen Leuten, die wie sie selbst auf Reisen waren, und sammelte Informationen über den Stein der Weisen, während Alphonse in einen Wettbewerb im Armdrücken eingespannt wurde, der plötzlich begonnen hatte. Beide Jungen genossen die willkommene Abwechslung. Alphonse ging schließlich zuerst wieder nach oben, um etwas an seiner Rüstung zu reparieren, und nachdem Greg und die Männer aus der Stadt nach Hause gegangen waren, blieb nur eine Handvoll übrig, die sich mit dem Bier noch nicht selbst den Rest gegeben hatte.

Das Gespräch kam auf die jüngsten Ereignisse: die Terroranschläge und das Militär, das nicht dagegen vorging. Dabei waren Beschwerden über die Armee natürlich wieder in aller Munde.

»Warum kriegen die die nicht? Wo doch sowieso alles angekündigt wird!«

»Ich versteh schon, dass Greg auf ihrer Seite ist, aber mich regt tierisch auf, dass das Militär sich hier so gar nicht blicken lässt.«

»Na ja, stimmt schon, es gibt Ankündigungen. Aber die sind doch nie mit langer Vorlaufzeit und wenn überall was passiert, ist die Personaldichte nirgends so gut, dass man die Gauner festnehmen könnte«, versuchte Edward, der ja gerade erst mit einem der Terroristen zu tun gehabt hatte, vorsichtig einzuwenden. »Es sieht schon aus, als würde das Militär sich bemühen. Und neulich bei dem Anschlag im Frachtzentrum hat doch der Kommandant des Eastern Commands auch einen tollen Job gemacht.«

»Echt?«

»Die Bösen sind doch die Terroristen. Die Leute drücken bei denen doch nur deshalb ein Auge zu, weil bisher niemand verletzt wurde.«

»Nun, da hast du schon recht. Da fällt mir ein: In der nächsten Stadt hat sich ein Arzt beschwert, weil ihm die Anschläge nicht mehr Patienten einbringen.«

»So gesehen sind die Terroristen ja dann schon die Bösen. Wenn nicht mal die Ärzte was zu tun bekommen ...«

Die Männer gaben ihm lachend recht. Es war unangemessen, das Ganze so leichtfertig abzutun, aber da es keine Todesopfer zu beklagen gab, konnte man darüber Scherze machen.

Edward war erleichtert, als das Gespräch in eine andere Richtung ging, doch da tippte ihm ein Mann neben ihm auf die Schulter.

»Du stehst ja ganz schön hinter dem Militär.«

Der Mann hatte sich zuvor als Colt vorgestellt. Er musste so Ende zwanzig, Anfang dreißig sein, war schlank und trug eine Brille mit einem silbernen Rahmen. Er war genau wie die Elrics auf der Durchreise und hatte vorhin zusammen mit den anderen auch viele Reiseabenteuer zum Besten gegeben.

»Da braucht man neuerdings schon einen Arsch in der Hose, wenn man sich auf die Seite des Militärs stellt«, fuhr er fort. »Ich täte das jedenfalls nicht.«

»Äh, nein, das meinte ich gar nicht …«

»Ah, hast du vielleicht selber mit dem Verein zu tun?«

Auf Colts Worte hin spitzten auch die anderen Männer die Ohren.

»Wie? Edward hat was mit der Armee zu schaffen?«

»Stimmt eigentlich. Der hat schon so eine Ausstrahlung wie einer von denen.«

Edward dachte daran, dass ihm eingeschärft worden war, er solle sich in Acht nehmen, weil so viele Leute einen Groll gegen das Militär hegten. Auch wenn ihm hier keiner offen feindselig gegenüberstand, die Unzufriedenheit der Leute war nicht zu übersehen.

»Oh, na ja … sozusagen … Ich ja nicht, aber …«

Edward gab keine klare Antwort. Doch seine Täuschungsversuche schienen zu misslingen. Während er noch schwankte, was hier los war, kam schon die nächste Breitseite von Colt: »Ich hab es mir vorhin schon gedacht. Du hast viel zu gut über den missglückten Anschlag Bescheid gewusst. Und vom Eastern Command hast du auch was gesagt.«

»Ähm, also …«

»Ah, ich hab's!« Ein Mann am anderen Tischende schnipste mit den Fingern. »Du hast dich nicht getraut zu sagen, dass du beim Militär bist, weil wir vorhin so über die Truppe hergezogen sind, stimmt's? Da brauchst du dir aber nichts dabei zu denken.«

»Nein, nicht so ganz … Wie soll ich es sagen …?«

»Ist dann jemand in deiner Familie Soldat?«

»Na ja …« Bei seinem Versuch zu verbergen, dass er selbst bei der Armee war, geriet Edward ins Stammeln. »Also, na ja … Ich bin kein Militärangehöriger, aber … Unter meinen Verwandten gibt es Personen, die so wirken, als wären sie …«

»Ah, also handelt es sich bei diesem Kommandanten des Eastern Commands, den du vorhin erwähnt hast, um deinen Vater oder Onkel, ja?«

»Ähm … Na ja, so in der Art …«

Für einen Durchschnittsbürger hatte er viel zu viel über die Terroristen gewusst, weshalb ihm keiner mehr abkaufte, dass er gar nichts mit dem Militär zu schaffen hatte. Sie dachten vermutlich, dass Edward, der ja noch ziemlich jung war, sich in einem Alter befand, in dem man gegen seinen Vater rebellierte. Nachdem sich die höhnischen Aussagen über die Armee gehäuft hatten, hatte er sich damit herausgewunden, selbst nur ein Verwandter eines Militärs zu sein.

»Soso. Dann richte deinem Vater mal aus, die sollen sich mehr zusammenreißen.«

»Wir sind auf deiner Seite, Kleiner.«

»Sag ihm auch, wenn er zufällig mal in der Gegend ist, soll er reinkommen.«

Durch Edwards »Verwandten« schien das Ansehen des Militärs zumindest in diesem Gasthaus auf einmal gestiegen zu sein.

Nun, das war besser, als wenn einem Unzufriedenheit oder Feindseligkeit entgegenschlug, doch als er sich daran erinnerte, dass er Roy ja erst kürzlich »Papa« genannt hatte, hatte er gemischte Gefühle.

In der Zwischenzeit kümmerte sich Alphonse in ihrem Zimmer im ersten Stock um seine Rüstung. Sie hatten in der letzten Zeit immer so viel zu tun gehabt, dass er sich schon Sorgen machte, sie sei nicht gut genug geputzt. Daher war er früher zurück ins Zimmer gegangen, um sie zu polieren.

»Ich muss bald mal wieder Öl kaufen gehen ...«, murmelte Alphonse, als er sich mit einem ölgetränkten Tuch sorgfältig die Verschmutzungen vom Metall polierte.

Mit Rost konnte er sich nicht mehr so gut bewegen und das wäre auf seinen Reisen ungünstig. Es war ja nicht sein echter Körper und baden konnte er damit auch nicht, aber schmutzig zu sein, war ihm trotzdem sehr unangenehm. Er hatte das Fenster und die Tür zum Gang weit geöffnet, damit nicht der ganze Raum nach Öl roch, und wienerte gewissenhaft alle Teile der riesigen Rüstung. Wie lange er damit wohl schon beschäftigt war?

Plötzlich spürte er, dass er beobachtet wurde, und in der Tat lugte ein kleines Gesichtchen durch die Tür.

»Oh? Was ist denn mit dir?«, sprach Alphonse es an und hielt inne.

Vielleicht war das ja die Tochter des Wirtsehepaars. Das Mädchen, es mochte etwa drei oder vier Jahre alt sein, starrte Alphonse unverwandt an.

»Kann ich dir irgendwie helfen?«, fragte er so freundlich er nur konnte, um ihr keine Angst zu machen. Kinder hatten sich beim Anblick seiner riesigen Rüstung schon oft eingeschüchtert gefühlt und waren in Tränen ausgebrochen.

Das Mädchen jedoch weinte nicht, sondern sah Alphonse stattdessen mit großen Augen an und sagte: »Duuhuuu, Onkel Ritter. Du riechst nach Öl.«

»Ah ja ... stimmt. Tut mir leid. Stinke ich schlimm?«

Das Öl roch ziemlich streng. Ohne seinen Körper hatte Alphonse auch keinen Geruchssinn mehr, aber er erinnerte sich daran, dass ihm von Ölgestank immer schlecht geworden war, als er noch einen gehabt hatte, und passte daher lieber auf. Er hatte die Tür geöffnet, damit der Geruch nicht so in diesem Zimmer hängen blieb, aber vielleicht war der nun stattdessen in die anderen Räume gezogen.

»Ich mach die Tür gleich zu«, sagte Alphonse und stand auf.

»Nein, das ist okay. Das macht mir gar nichts aus.«

Das Mädchen schüttelte den Kopf. Seine zwei blonden Zöpfchen flogen hin und her.

»Wie heißt du denn?«, fragte Alphonse.

»Ancy.«

»Freut mich Ancy. Ich bin Alphonse. Guten Abend.«

»Guten Abend. Duuu, darf ich zu dir reinkommen?«

»Klar, aber ... Machen sich deine Mama und dein Papa keine Sorgen, wenn du um diese Zeit noch wach bist?«, fragte Alphonse Ancy, die sich sofort an seine Seite setzte.

Es war bereits nach zehn Uhr. Daher machte er sich Gedanken, ob ihre Eltern nicht beunruhigt wären, wenn sie jetzt noch herumstreunte.

»Meine Mama und mein Papa sind mit ihrer Arbeit beschäftigt. Deshalb hat mich mein Onkel eben einfach hierher mitgenommen. Meine Eltern sind gar nicht da.«

»Ach so.«

Ancy war also auch ein Gast und nicht die Tochter des Wirtspaares.

»Ist dein Onkel dann jetzt auf eurem Zimmer?«

»Nein. Der ist unten, glaub ich … Er wollte mit mir hier ganz viel spielen. Aber das tut er gar nicht. Er hat mir nur gesagt, dass ich nicht rausdarf, und ist runtergegangen. Mir war langweilig und ich hab auch ein bisschen geweint, deshalb hat mir ein anderer Mann, der hier übernachtet, ein schönes Buch gekauft … Aber alleine ist es trotzdem voll langweilig.«

Ancy machte einen Schmollmund.

Aus dem Erdgeschoss erklang Lärm wie von einer Party. Alphonse fuhr fort, seine Rüstung zu polieren, und meinte im Scherz zu Ancy: »Weißt du, mein Bruder ist auch da unten. Ich bin also genau wie du ganz alleine.«

»Ganz echt? Spielst du mit mir?«

Ein Leuchten erschien auf einmal auf Ancys Gesicht.

»Natürlich. Was willst du denn spielen?«

»Darf ich dir beim Polieren helfen?«

Das Mädchen streckte Alphonse eine kleine Hand entgegen.

»Wie? Aber dann riechst du auch nach Öl.«

»Das passt schon! Bei mir daheim riecht es auch immer nach Öl! Ich rieche wahrscheinlich selber auch schon danach! Hier!« Ancy wedelte mit der Hand, mit der sie das Poliertuch nehmen wollte, vor Alphonse' Gesicht herum. »Riechst du das?«

Alphonse konnte natürlich keine Gerüche wahrnehmen. Aber er wollte keinen unnötigen Schatten auf das strahlende Gesicht der Kleinen werfen, indem er dies unnötigerweise erwähnte. Also gab er ihr stattdessen das Poliertuch.

»Na, dann mal frisch ans Werk!«

»Juhu!«

Ancy musste wirklich, wirklich langweilig gewesen sein.

Während sie ganz eifrig die Rüstung polierte, bombardierte sie Alphonse von »Woher kommst du?« bis »Wo willst du hin?« mit Fragen über Fragen und er lächelte gequält.

»Whoa. Al, du bist vielleicht sauber.«

Als Edward ins Obergeschoss zurückkehrte, malte sein Bruder, ganz auf Hochglanz poliert, mit dem kleinen Mädchen.

»Ah, schön, dass du wieder da bist, Ed. Ancy, das ist mein großer Bruder.«

»Das soll dein großer Bruder sein?«

Ancy blickte verwirrt zwischen den Brüdern hin und her.

»Schön, dich kennenzulernen. Ich bin Edward!«

»Freut mich auch, dich kennenzulernen. Ich bin Ancy.« Das kleine Mädchen schüttelte Edward die Hand und sah zu seinem Scheitel hinauf.

»Du bist aber ein süßer großer Bruder.«

Wer wusste, dass Edward der ältere und Alphonse der jüngere Bruder war, geriet wegen ihres Größenunterschieds ins Zweifeln. Der Grund dafür lag darin, dass Edward nun mal ziemlich klein war, aber jedem, der den Fehler machte, das zu erwähnen, sprang er buchstäblich ins Gesicht. Und auch Ancys Worte kamen einem »Du bist aber klein« gleich.

»Süß, hä? So was hört man aber nicht so gern ...«

OIL

Edwards Ego war angekratzt, aber auf ein kleines Mädchen stürzte er sich deswegen natürlich nicht. Und so tätschelte er der Kleinen nur den Kopf und setzte sich neben sie und Alphonse, um zu sehen, was sie zusammen gemalt hatten.

»Ihr habt ein Bild gemalt? Krieg ich auch eins?«

»Ja! Ich hab schon was für Alphonse gemalt. Jetzt bist du dran, Edward.«

Ancy begann lächelnd, auf einem neuen Blatt Papier ein Bild für Edward zu malen. Und auch die beiden Elrics kritzelten ein bisschen mit.

Dieser ruhige und fröhliche Abend erheiterte die beiden und vertrieb allen Kummer darüber, wie viel Pech sie in der letzten Zeit gehabt hatten.

Die funkelnden Sterne lösten sich im Morgenhimmel auf und ein neuer Tag brach an.

Mit einem Blick auf einen Vogel, der auf einem Baum vor dem Fenster mit den Flügeln schlug, verließ Alphonse leise das Zimmer. Um den noch tief schlafenden Edward nicht aufzuwecken, hinterließ er ihm einen Zettel, öffnete ruhig die Tür, durchquerte das Erdgeschoss, das so still war, als hätte es den Lärm der letzten Nacht nie gegeben, und trat nach draußen.

Kalte, klare Morgenluft schlug ihm entgegen und irgendwo in der Ferne hörte man eine Lokomotive pfeifen. Alphonse lief wieder zum Bahnhof und steuerte auf den noch in leichten Morgendunst gehüllten Bahnsteig zu. Genau wie gestern war Greg dort schon emsig bei der Arbeit.

»Guten Morgen!«, rief Alphonse ihm zu und Greg sah überrascht auf.

»Ach, du von gestern.«

»Ich hab gestern Abend mitbekommen, dass heute ein Güterzug kommt, daher dachte ich mir, dass Sie hier wieder alleine arbeiten.«

Da Alphonse dies inmitten des geselligen Lärms in der Schenke von einem anderen Gast gehört hatte, hatte er sich zum Bahnhof aufgemacht.

»Du bist Alphonse, richtig? Du hättest aber nicht extra herkommen müssen. Wolltet ihr nicht bald weiter? Wenn du mir hilfst, bist du doch dafür zu müde. Dein Kumpel Edward liegt noch in den Federn, oder?«

»Ach, ich bin okay.«

Alphonse begann, die gestapelten Kisten eine nach der anderen hochzuheben und nahe der Gleise aufzureihen.

Gestern hatte es gewirkt, als hätte Edward Greg geholfen, weil er sich ihm wegen ihrer beider Militärzugehörigkeit verbunden gefühlt hatte, aber bei Alphonse war es anders. Sein Bruder nutzte die Alchemie, um den Menschen zu helfen, und auch das Eastern Command setzte sich für das Wohlergehen der Bevölkerung ein. Doch Alphonse hatte weder ein so großes alchemistisches Know-how noch war er so einflussreich wie sie.

Aber er hatte einen Körper, der nie müde wurde. In den letzten Tagen hatte er entschieden zu tun, was er selbst tun konnte, und das hier war eines dieser Dinge, also handelte er.

»Wann kommt der Zug denn?«

»In circa dreißig Minuten. Dann wird über die intakten Schienen alles ins nächste große Lagerhaus transportiert. Wir müssen uns erst mal um das feuchtigkeitsempfindliche Zeug wie das Schießpulver kümmern.«

»Also das hier, nicht wahr?«

Alphonse hob eine große Kiste hoch, auf der »Schießpulver« stand. In diesem Moment flatterte ein Stück Papier herunter.

»Ah.«

Es war das Bild, das Ancy letzte Nacht für ihn gemalt hatte. Als sie bemerkt hatte, dass Alphonse keine Tasche besaß, die er immer mit sich trug, hatte sie die Zeichnung sorgfältig zusammengefaltet und unter den Stoffgürtel um seine Hüfte geklemmt. Alphonse setzte die Kiste ab und hob das Bild auf. Beim Hinunterfallen hatte es sich entfaltet und man sah darauf einen Baum voller Früchte und ein Pferd. Für ein so kleines Mädchen war es gut gezeichnet.

»Hast du das von Ancy?«, fragte Greg, als er das Bild in Alphonse' Hand sah.

»Greg, Sie kennen Ancy?«

»Ja, ich hab sie bei ihrer Ankunft vor etwa zwei Wochen getroffen. Sie hatte ihr Zeichenheft verloren und als ich es gefunden hab, hat sie mir zum Dank eins ihrer vielen Bilder geschenkt.«

»Vor zwei Wochen ... Sie ist also schon so lange von ihren Eltern getrennt? Das Kind muss sich wirklich einsam fühlen. Sie hat gesagt, ihr Onkel würde sich auch nicht besonders um sie kümmern.«

»Ich frag mich eh, warum ihre Eltern sie so einem Typ anvertrauen … Gestern war es zwar nicht der Fall, aber der Kerl säuft normalerweise wie ein Loch und einen schlechten Charakter hat er auch. Da würde ich mir schon zweimal überlegen, ob ich so einen Kerl bitten würde, sich um mein Kind zu kümmern. Allerdings … Angeblich haben sie ihm die Kleine einfach mit einem Brief mitgegeben, in dem es ›Spiel schön mit dem Onkel‹ oder so was hieß.« Greg zuckte mit den Schultern. »Kaum zu glauben, dass die blutsverwandt sein sollen. Die süße, kleine Ancy und der …«

»So ist das also …«

Alphonse dachte an das süße Lachen der Kleinen. Ihr musste wirklich todlangweilig sein, wenn sie nur mit einem Brief ihrer Eltern einem Verwandten anvertraut worden war und seit zwei Wochen in diesem Gasthaus niemanden zum Spielen hatte. Eigentlich wollten sie ja selbst gleich wieder abreisen, aber vorher sollten sie die Kleine doch noch ein bisschen bespaßen, dachte Alphonse.

»Sie ist erstaunlich, obwohl sie ja noch so klein ist, oder? Wie sie das so tapfer aushält.«

»Das stimmt. Aber manchmal vermisst sie ihre Eltern schon auch. Es gibt immer mal wieder ein paar Tränchen. Gott sei Dank beruhigt sie dann immer ein Mann, der auch für eine Weile im Gasthof übernachtet. Ach ja, du hast ihn doch gestern getroffen, oder? Colt, der mit der Brille.«

»Ach, dieser nett aussehende Kerl.«

Alphonse erinnerte sich an den Mann mit der Brille an ihrem Tisch am Abend zuvor.

»Er kann gut mit Kindern und ich hab schon mehrere Male gesehen, wie er mit Ancy gespielt hat.«

In der Ferne hörte man die Dampflok pfeifen und Greg machte sich wieder an die Arbeit, bevor er weitersprach.

»Das Malen hat es der Kleinen wirklich angetan. Sie hat mir mal ein Buch gezeigt, das Colt ihr gekauft hat. Und siehe da: Es war kein Bilderbuch, sondern ein Kunstbuch. Lauter so vornehme Gemälde, aber Ancy hat mir jedes einzelne erklärt. Das hat mich überrascht. Ehrlich gesagt, bei so manchem Geklecksel wusste ich gar nicht, was es hätte darstellen sollen, aber sie hat mir was von expressionistischer Abstraktion und so erzählt. Ich habe zwar trotzdem überhaupt nichts verstanden, aber na ja.«

Es musste lustig ausgesehen haben, wie das kleine Mädchen einem Erwachsenen sein umfangreiches Kunstwissen präsentiert hatte.

Alphonse lachte mit dem gezwungen lächelnden Greg mit.

»Sie wird sicher mal eine große Künstlerin.«

»Ganz genau. Sie weiß jetzt schon so viel über die Malerei.«

Die beiden lächelten beim Gedanken an Ancys Zukunft. Und damit wäre das Thema Ancy abgehandelt gewesen ...

... hätte Greg nicht den nächsten Satz gesagt: »Ich wette, bei ihren Eltern hängt das ganze Haus voller Bilder.«

Greg hatte sicher nur laut ausgesprochen, was ihm in diesem Moment durch den Kopf gegangen war. Doch Alphonse traf die Erkenntnis wie ein Blitz aus heiterem Himmel.

»Oh verdammt ...« Ihm wurde flau. Hätte Greg das nicht gesagt, wäre er nie auf die Idee gekommen. Aber jetzt war alles so naheliegend. Selbst wenn es sich nur um eine voreilige Schlussfolgerung aus einem vorherigen Gespräch handeln sollte.

»Was hast du denn?«, fragte Greg und sah Alphonse, der plötzlich innegehalten hatte, verwundert an.

»Ach nichts ...« Wenn er sich nicht sicher war, war es besser, vorerst den Mund zu halten.

»Ich muss dann mal wieder zurück ins Gasthaus. Tut mir leid, eigentlich wollte ich Ihnen helfen, bis der Zug da ist, aber ... das geht leider nicht.«

Alphonse machte eine kleine Verbeugung.

»Kein Problem. Du warst mir schon eine große Hilfe.«

Greg winkte ihm noch nach und Alphonse sprintete zurück zum Gasthaus.

»Ich muss sicher sein ...!«

Das vorherige Gespräch in seinem Kopf ... Er erinnerte sich, dass Roy erzählt hatte, dass »das Kind eines Kunsthändlers entführt worden« war. Und hier malte die kleine Ancy, begeisterte sich für Kunstbücher, die nicht ihrem Alter entsprachen, und überforderte so manchen Erwachsenen mit Kunstkritiken zu Gemälden, die sie zum ersten Mal sah. Dazu Eltern, die sie nur mit einem Brief einem Verwandten mitgegeben hatten, der sich dann nicht mal um sie kümmerte und gar nicht zu ihr passte.

Während Alphonse zum Gasthaus rannte, nahmen seine Gedanken immer weiter Form an.

Der Entführer hatte sich einfach für einen Verwandten ausgegeben, ihr einen gefälschten Brief gezeigt, den er angeblich von ihren Eltern erhalten hatte, und sich mit ihr in dieser fremdenfreundlichen Stadt versteckt. Da man einem kleinen Kind wie Ancy alles Mögliche einreden konnte, hatten die Einwohner auch keinen Anlass, eine Entführung zu vermuten.

Eine unscheinbare Stadt, in der man nicht auffiel, weil es nichts Besonderes gab, die allerdings eine gute Verkehrsanbindung in die Stadt und aufs Land besaß: einfach ideal, um ein Verbrechen zu begehen.

Und außerdem sprach eines mehr als alles andere dafür ...

Alphonse warf einen Blick auf seine Rüstung, die in der langsam aufgehenden Morgensonne glänzte. Ancy, die sie mit Öl poliert hatte, hatte Folgendes gesagt ...

»Bei mir daheim riecht es auch immer nach Öl.«

Das war der Geruch im Haus eines Kunsthändlers: der Geruch von Ölfarbe!

»Ancy!«

Alphonse stürmte durch die Eingangstür, nickte im Vorbeilaufen noch der Wirtin zu, die das Frühstück vorbereitete, und stürzte die Treppe hinauf. Das Zimmer, in das sie Ancy gestern zurückgebracht hatten, lag ganz am Ende des Flurs. Alphonse klopfte an die Tür.

Er hatte noch keine Gewissheit. Möglicherweise täuschte er sich ja. Aber in dem Fall könnte er sich ja immer noch entschuldigen und fertig. Dann fing er sich eben einen Anschiss von diesem Onkel ein, bat um Verzeihung und hatte sich lediglich unnötig Sorgen gemacht.

Aber niemand antwortete auf sein Klopfen.

Er versuchte es noch einmal für den Fall, dass die Leute drinnen noch schliefen, und wartete eine Weile, aber es kam keinerlei Reaktion. Kurz entschlossen drehte Alphonse den Knauf und öffnete die Tür.

»?!«

Das Zimmer war leer.

Alphonse überlegte kurz, ob er sich vielleicht im Raum geirrt hatte, und schaute noch einmal den Korridor hinunter, um sich zu vergewissern. Aber das war ganz sicher das Zimmer, in das sie Ancy am Abend zuvor gebracht hatten. Dass sie und ihr Onkel schon so früh weitergereist waren, war schwer vorstellbar. Alphonse hatte keinen Zweifel mehr, dass er mit seinem Verdacht ins Schwarze getroffen hatte. Jetzt musste sofort die Armee in Kenntnis gesetzt werden. Dazu musste er erst einmal seinen Bruder wecken.

Alphonse rannte zurück in ihr eigenes Zimmer und rief: »Ed! Aufwachen! Ancy ist ...«

Er brach mitten im Satz ab. Im Bett war niemand.

»Ed ...?«

Alphonse dachte, Edward würde sich vielleicht verstecken, und riss die Matratze aus dem Bett. Aber dort war er nicht, also öffnete er den Schrank und sah unter dem Tisch, hinter einem Sessel und zuletzt auch unter dem Bett nach. Doch Edward blieb verschwunden.

»Was?«

Da kam ihm die Idee, sein Bruder könnte vielleicht im Bad sein, doch im nächsten Moment erstarrte er. Als er sich zum Flur umwandte, steckte mitten in der Tür ein Messer. Mit diesem war ein Zettel an die Tür gepinnt und Alphonse erkannte, dass es sich dabei um seine Nachricht handelte, dass er am Bahnhof aushelfen wollte. Nur war das Papier umgedreht und etwas auf die Rückseite geschrieben worden.

Ihr könnt die Reise fortsetzen, sobald der Vater des Jungen im Eastern Command das Lösegeld rausgerückt hat. Betet, dass der Junge seinem Vater jeden Cens wert ist.

Alphonse stand fassungslos da. Die Messerklinge blitzte im Morgenlicht.

Kapitel 4

Edwards Entführung

Surr, schwupp.

Seltsame Geräusche drangen aus Roys Arbeitszimmer.

»Oberst Mustang, wir erwarten umgehend Ihren Bericht zu den aktuellen Vorfällen …«

Knurkel, knurkel. Ratter, ratter.

Schwupp, schhhhh, klonk.

»Oberst Mustang, uns sind Gerüchte zu Ohren gekommen, wonach Sie sich um Entführungsfälle außerhalb Ihres Zuständigkeitsbereichs kümmern. In Kürze trifft daher ein von uns entsandter Auditor ein, der diesem Sachverhalt nachgehen wird.«

Ratter, ratter, tock.

Schwupp, schhhhh, klonk.

»PS: Warum ist die Angelegenheit bezüglich dieser Extremisten immer noch nicht geklärt? Bevor sich das in disziplinarische Maßnahmen Ihnen gegenüber …«

Schwupp, schhhhh, klonk, fieeep.

Das Geratter und Gepfeife fand kein Ende, doch da klopfte es an der Tür.

»Herein.«

»Herr Oberst!« Havoc streckte den Kopf zur Tür herein. »Was ist denn hier los?« Sein Blick fiel auf die vielen Papierflieger, die im ganzen Raum auf dem Boden herumlagen.

»Ich bin dabei, meine Ermutigungsschreiben aus der Zentrale zu lesen.« Roy schnappte sich einen Zettel von seinem Schreibtisch und las vor: »Oberst Mustang. Erzählen kann man viel, wenn der Tag lang ist. Aber nur Leistung zählt. Wir erwarten

Ihren Bericht …« Dann faltete er das Papier zu einem Flieger und zielte damit auf die Wand gegenüber.

Plumps. Havoc sah zu, wie der Flieger auf dem Boden aufschlug, dann wandte er sich wieder an Roy.

»Die Ermittlungen kommen also nicht voran, hm?«, fragte Havoc.

»Überhaupt nicht. Null Komma null«, grummelte Roy.

Trotz unermüdlicher Arbeit hatte er keine Spur zu den Drahtziehern der Terroranschläge gefunden. Er hatte auch mit anderen Abteilungen zusammengearbeitet, aber es kam noch immer zu Explosionen. Angeblich waren inzwischen weitere extremistische Vereinigungen als Trittbrettfahrer unterwegs. Roy bezweifelte dies jedoch aufgrund der Erkenntnisse, die er auf dem Güterbahnhof gewonnen hatte, und auch wegen Gaels Verhalten. Er hatte seitdem weiter nach möglichen Zusammenhängen gesucht. Nur tappten sie bezüglich des Motivs für die Anschläge immer noch im Dunkeln und es gab auch keinerlei Hinweise, die die Entführungsfälle mit den Anschlägen in Zusammenhang gebracht hätten. Und so wurde der Stapel an Beschwerdebriefen seitens der Bevölkerung und an bösen Briefen seiner Vorgesetzten auf Roys Schreibtisch höher und höher.

Havoc hob einen der Papierflieger zu seinen Füßen auf. Als er ihn auffaltete, las er: »Das Budget der Armee ist kein Wasser aus Indien. Die Kosten für den Wiederaufbau der zerstörten Einrichtungen und die Personalkosten müssen berücksichtigt werden. Es ist unerlässlich, dass jede Abteilung kostenbewusst handelt.« Bla, bla und so weiter.

»Da haben Sie ja ganz viele gute Nachrichten bekommen, wenn Sie so fleißig Flieger basteln konnten.«

»Je höher der Rang des Absenders, umso besser fliegen sie.«

»Ich verstehe.«

Die Flieger verteilten sich über den Boden von Roys Schreibtisch bis zur Wand gegenüber.

»Also ein Brief von Ihnen, Herr Oberst, fliegt dann bis ungefähr hierher?« Havoc zeigte auf einen Punkt in der Mitte des Raums, ein bisschen näher an der gegenüberliegenden Wand. Dann zeigte er wieder auf Roys Schreibtisch. »Meiner schafft es vermutlich bis ... dahin?«

»Nö, deiner taugt von Anfang an nichts. Der fliegt nicht mal geradeaus. Wenn er überhaupt fliegt, dann dahin.« Roy zeigte auf den Papierkorb neben seinem Schreibtisch. »Was gab es in den letzten Tagen Neues über diese Extremisten?«

»Ich hab zu den Symbolen recherchiert, die Sie gesehen haben wollen, Herr Oberst. Das waren wirklich alles mal auffällig aktive radikale Vereinigungen, aber es scheint so, dass sie entweder bereits zerschlagen worden oder gar nicht stark genug sind, um eine Anschlagsserie dieses Ausmaßes zu verüben.« Havoc reichte Roy einige Dokumente. »Es könnte durchaus so sein, wie Sie vermuten, Herr Oberst. Es könnte jemanden geben, der diese Gruppen finanziert und ihnen aufträgt, dass keine Menschen zu Schaden kommen dürfen, wenn das Lösegeld übergeben wird ... Ob die da oben nun denken, dass es voneinander unabhängig agierende Gruppierungen sind oder dieser Gael der Rädelsführer ist und ob man die jeweilige Einschätzung öffentlich bekannt macht oder nicht ...«

Dem Zentralkommando brannte die Angelegenheit unter den Nägeln. Es wollte den Fall wohl so schnell wie möglich als gelöst verkünden und alle verdächtigen Personen samt und sonders einsperren. Angesichts der bisherigen gewissenhaften Vorbereitung der Terroristen glaubte Roy jedoch nicht daran, dass es damit so einfach getan wäre.

»Sie wollen damit vermutlich einen Schlussstrich ziehen und das Bild der unfähigen Armee in der Öffentlichkeit zumindest ein bisschen abschwächen.«

»Sie sind wohl nicht überzeugt, Herr Oberst?«, fragte Havoc, als er Roys hochgezogene Augenbrauen bemerkte.

»Natürlich nicht. Jetzt hat es so viele Anschläge gegeben und jedes Mal wurde die Tat kurz vorher angekündigt, sodass keinem Zivilisten was passiert ist. Das Vorgehen ist viel zu straff organisiert und zu einheitlich, als dass es Trittbrettfahrer sein könnten. Es ist einfach unmöglich, dass es sich um unabhängige Gruppierungen handelt.«

»Und welche Rolle spielt Gael?«

»Ich glaube nicht, dass er der Rädelsführer ist. Er hat einen Container umgestoßen! Hätten wir nicht ausweichen können, wären wir draufgegangen. Aber Zivilisten sollten doch unversehrt bleiben, nicht wahr? Ja, okay, ich war in Uniform, aber der Fullmetal Alchemist doch nicht. Würde ein Kerl, der alles akribisch bis ins letzte Detail geplant hat, seinen Plan so leichtfertig umwerfen? Die Strippen zieht vermutlich jemand anderes.«

Roy klopfte mit einem Stift auf den ausgebreiteten Dokumenten auf seinem Schreibtisch herum.

»Eine terroristische Vereinigung, in der Grobiane zusammenkommen, die sich von niemandem was sagen lassen ... Mit Geld könnte man sie vielleicht gefügig machen ... Wer auch immer diese Anschläge in den verschiedensten Regionen des Landes plant, besticht die, die sie durchführen, mit Geld. Da kommen die Überbleibsel dieser einst entlarvten und zerschlagenen extremistischen Vereinigungen wie die Fliegen angeschwirrt ...«

Roy trommelte weiter halb in Gedanken mit dem Stift auf die Dokumente und fasste seine Überlegungen vorsichtig zusammen.

»Das heißt, man braucht eine beträchtliche Geldmenge und fordert über die Entführungen Lösegeld, das man den erfolgreichen Bombenlegern übergibt ... Das Geld wird unter den verschiedenen Gruppen verteilt und taucht so nicht mehr auf dem Radar der Behörden auf ...«

»Die beiden Dinge, die dem Herrn Oberst das größte Kopfzerbrechen bereiten, die Entführungen und die Terroranschläge, hängen also zusammen.«

»Aber was haben die nur vor? Jeder einzelne Anschlag ist so perfekt getimt. Jede Bombe wird exakt dreißig Minuten vorher angekündigt und geht hoch, noch bevor das Militär eintrifft. Sie bereiten den Fluchtweg jedes Mal vor und sind schon über alle Berge, bevor wir aufschlagen. Die normalen Bürger wissen inzwischen aus Erfahrung, dass keine Gefahr für Leib und Leben besteht, und so richtet sich ihre Wut weniger auf die Terroristen, die ihren Tagesablauf durcheinanderbringen, als auf die Unbeholfenheit des Militärs, dem jede Tat angekündigt wird und das trotzdem nichts gebacken kriegt. Das Vertrauen ist weg und die Leute kooperieren nicht mehr mit uns, was zur Folge hat, dass es immer schwieriger wird, an Informationen zu gelangen, was wiederum die Ermittlungen erschwert … Aber was haben die davon? Wenn es nur darum ginge, die Unfähigkeit des Militärs anzuprangern und die eigene Macht zu demonstrieren, hätte eine einzige Explosion reichen sollen, zu der sie sich stolz bekannt hätten. Aber sie verüben einen Anschlag, lösen sich in Luft auf und kommen erst beim nächsten wieder zum Vorschein … Warum?«

Havoc hatte Roys Ausführungen still zugehört und machte den Mund auf, um etwas zu sagen. Aber er stellte fest, dass alle denkbaren Schlussfolgerungen in einer Sackgasse endeten, hob beide Handflächen und zuckte nur mit den Schultern.

»Ich hab keine Ahnung.«

Es war allerdings sowieso nur eine rhetorische Frage gewesen, auf die Roy keine Antwort erwartet hatte. Und so schmiss er den Stift genervt gegen die Wand, stützte die Ellbogen auf der Tischplatte auf und raufte sich die Haare.

»Ich habe mir den Kopf so sehr über das Motiv der Täter zermartert, aber vielleicht liege ich auch total falsch. Vielleicht begeht da jemand einfach Verbrechen, weil es ihm Spaß macht, die Öffentlichkeit in Aufruhr zu versetzen … Egal, wer dahintersteckt, er lacht uns jetzt ganz sicher aus.«

Roy grinste selbstironisch.

»Sie sollten das nicht überinterpretieren … Genau, Sie brauchen irgendwas, was Sie auf andere Gedanken bringt«, meinte Havoc mit fröhlicher Stimme. »Ein Thema, das Sie diesen öden Kram vergessen lässt und Ihnen ein Lächeln ins Gesicht zaubert.«

Roy wollte Havocs viel zu gekünsteltes Lachen einfach als Ermutigung während seiner schwierigen Ermittlungen betrachten und beschloss, es dankbar anzunehmen.

»Da hast du recht ... Ein Themenwechsel käme mir gerade sehr gelegen. Hören wir mit den öden Nachrichten auf. Was gibt es denn in letzter Zeit Schönes?«

Es war zwar problematisch, die Arbeit als öde zu bezeichnen, aber Roy lächelte, weil sich sogar Havoc, der dafür bekannt war, jede Arbeit in seinem eigenen Tempo zu verrichten, schon Sorgen um ihn machte.

»Also ich, ich hab schon gute Neuigkeiten ... Ich hab jetzt wahrscheinlich eine Freundin!«

Roys Lächeln gefror, Havoc dagegen sah unglaublich heiter aus und machte nicht einmal Anstalten, sein Grinsen zu unterdrücken.

»Also, wir sind noch nicht so richtig zusammen. Aber ich habe Schmetterlinge im Bauch, richtige Frühlingsgefühle ...«

In Havocs Worten lag keine indirekte Sorge um sein Gegenüber. Er hatte nicht nur über etwas anderes sprechen wollen, um seinen Vorgesetzten abzulenken.

»...«

Roy nahm eines der Papierflugzeuge von seinem Schreibtisch und schleuderte es mit voller Wucht auf Havoc. Der Flieger transportierte die subtile Message: Erzähl mal was wirklich Gutes! Dalli!

Bonk! Die Tür ging auf und holte den Flieger auf die Erde, bevor er Havoc traf.

»Herr Oberst!«

Kurze schwarze Haare, ein sanftmütiges Gesicht, Brille: Es war Feldwebel Fuery, der hereingestürzt kam.

»Herr Oberst! Es ist was ganz Schlimmes passiert! Ihr Sohn, er ...!!«

»Mein ... Sohn?«

Roy, der nach Kräften versuchte zu verhindern, dass ihm der Luftzug der aufgerissenen Tür alle Papiere vom Schreibtisch wirbelte, und Havoc, der beim Gedanken an seine Frühlingsgefühle noch ein debiles Grinsen im Gesicht hatte, erstarrten beide angesichts des neuen Themas, das Fuery ihnen mitgebracht hatte.

Zur selben Zeit ...

»Aaah ...« Edward öffnete langsam die Augen. Er lag in einem schwach beleuchteten Raum auf dem Steinboden.

Ohne sofort zu bemerken, wo er sich befand, und als ob er wie immer einfach nach dem Schlafen aufwachen würde, blinzelte er und rekelte sich.

»Boah, ich hab geschlafen wie ein Stein ... Hm?«

Erst jetzt merkte er, dass etwas nicht stimmte.

»Wie? Was? Wo?«

Er entdeckte den Eisenring um seinen rechten Fußknöchel und blickte unruhig in dem abgedunkelten Raum umher.

Gestern Abend hatte er doch mit Ancy gespielt und war danach so müde gewesen, dass er in Klamotten ins Bett gefallen war. Aber von diesem war hier nichts zu sehen. Auch sein roter Mantel und sein Koffer fehlten.

»...?«

Der gemauerte Raum war groß, aber fensterlos. Gleich in der Nähe der Wand, an die Edward gekettet war, führte eine Holztreppe nach oben. Von dort drang etwas Licht herein.

Edward überlegte angestrengt, wie er im Schlaf hierhergekommen sein mochte, aber kam zu keinem Ergebnis und rief erst einmal in Richtung Treppe: »Huhu! Al! Wo bist du denn? Ist da überhaupt jemand?«

Es war natürlich undenkbar, dass Alphonse ihn hier einfach so zurückgelassen hatte und irgendwo hingegangen war. Aus dem Eisenring um seinen Knöchel und der daran befestigten Kette schloss Edward, dass er in irgendeinen Zwischenfall verwickelt worden war.

»Al! Wo bist du? Jetzt antworte endlich!«

Aus Sorge um Alphonse schrie Edward noch eine Weile weiter, verstummte jedoch, als er auf der Treppe den Schatten eines Menschen entdeckte. Auf den Stufen erschienen Stiefel. Langsam, Stück für Stück, kamen sie die Treppe herunter. Bei jedem Schritt knarzte das Holz.

Mit einem Blick auf die Stiefel war Edward klar, dass es nicht Alphonse sein konnte, und er starrte feindselig auf die Gestalt, die zu ihm herunterkam.

Als er die Person sah, die die etwa sieben, recht niedrigen Stufen heruntergestiegen und nun unten angekommen war, knurrte Edward: »Ach, Sie haben mich hierhergebracht?«

»Genau.«

Sogar gegen das Licht wusste Edward, mit wem er es zu tun hatte.

»Colt.«

Colt blinzelte ihn durch seine silberne Brille an, als hätte er Spaß an der Sache.

»Gestern Abend war's schön, nicht wahr?«

»Jetzt hätt' ich's auch gern schön ... Sie waren also nicht einfach nur auf der Durchreise.« Edward sah den Mann finster an. »Warum legen Sie mich denn hier in Ketten?«

»Du hast ziemlich lang geschlafen: einen ganzen Tag«, sagte Colt. »Die Dosis war wohl doch ein bisschen hoch für dich.«

Edward war also irgendwie betäubt worden, während er tief und fest geschlafen hatte.

»Obwohl der Weg hierher ziemlich holprig war, bist du gar nicht zu dir gekommen.«

»Was hab ich Ihnen denn getan?«

Edward saß auf dem Steinboden und sah zu Colt auf. Ja, auf ihrer Suche nach dem Stein der Weisen hatten sie bisweilen auch Dinge getan, auf die er nicht stolz war. Aber es hatte immerhin keine Unschuldigen getroffen ...

»Wenn du mit mir ein Hühnchen zu rupfen hast, dann spuck's aus! Aber zieh Al hier nicht mit rein.«

Doch Colt tat Edwards Sorge, dass sein Bruder, der irgendwo separat eingesperrt sein könnte, kurz und bündig ab: »Al? Ach, dein Reisekumpel. Der ist mir egal. Den hab ich im Gasthaus gelassen.« Colts Tonfall war kalt, ganz anders als am gestrigen Abend.

»Okay, du willst also mir irgendwas heimzahlen ... Worum geht's genau?«

»Worum es geht? Hast du feines Kerlchen auf deinen Reisen gleich so vielen Leuten ans Bein gepinkelt, dass du dich nicht erinnern kannst? Und dann deine Automails …« Colt betrachtete aus einiger Entfernung Edwards künstliche Gliedmaßen. »Die sehen ziemlich gut aus … Also, eigentlich hab ich gar nichts gegen dich persönlich.«

»Huh?«

»Es ist das Militär. Die tun dort so, als würden sie sich für die Menschen einsetzen und sie schützen. Aber wenn mal was ist, richten sie ihre Waffen gnadenlos auf genau diese Menschen. Und dagegen hab ich was. Es tut mir leid, wenn ich dich dafür opfern muss, aber der Zweck heiligt die Mittel.«

Colt sagte das mit einem entschuldigenden Gesicht. Aber natürlich war das nur Getue. Seine kalten Augen widersprachen seinen Worten. Bei diesem Blick, der so endlos dunkel und kaltherzig schien, lief Edward eine Gänsehaut über den Rücken.

»Da musst du aber ziemlich sauer sein …«

»Genau das.«

Er wandte sich um und ging zurück zur Treppe.

»Stopp!«, rief Edward ihm nach. »Okay. Kapiert. Du hast was gegen die Armee. Und? Was hab ich damit zu tun?!«

Wieso hatte er ihn denn entführt und hierhergebracht, wenn er nichts gegen ihn hatte?

»Ich brauche Geld. Das ist alles«, antwortete Colt, ohne sich umzudrehen.

»Geld?«

»Für die Organisation.«

»...!«

Endlich fiel bei Edward der Groschen. Er war in einen Fall verwickelt worden, der viel größer war, als er sich hatte vorstellen können. »Ach, bist du vielleicht ...?«

»Ich hab doch gesagt, ich muss dich opfern, oder?« Colt drehte sich langsam um. »Und es sieht ganz danach aus, als wärst du das Kind, das ich nie mehr vergessen werde ... Ich kriege Lösegeld für den Sohn eines hochrangigen Offiziers und du wirst das erste und letzte Opfer in einem Fall werden, in dem es eigentlich keine Verletzten geben sollte. Ja, daran werden die Leute noch lange denken ... Dein vornehmer Tod wird dem Ansehen des Militärs den Rest geben.«

Er starrte Edward an wie ein Raubtier seine Beute.

»Du steckst also hinter den ganzen Anschlägen! Du bist ein Terrorist!«

Edward blieb vor Überraschung die Luft weg.

»Ein Terrorist also ... Hmn. Kennst du den Unterschied zwischen einem Terroristen und einem Soldaten, Kleiner? Der liegt darin, dass ...« Colt lachte. »Der liegt darin, dass die einen mehr Kanonen haben als die anderen.«

Ein Blick auf Colts Grinsen und Edward war alles klar: Er war als Angehöriger eines Militärmitglieds entführt worden. Die durch die Terroranschläge vorbereitete Falle sollte jetzt und hier zuschnappen. Das, worauf es Colt und die anderen Terroristen abgesehen hatten.

Und da war noch etwas: Colts Grinsen war genau dasselbe, das er vor einigen Tagen bei dem Schatten gesehen hatte, als ihr Zug verunglückt war. Er konnte nicht sagen, ob Colt bei allen Anschlägen persönlich vor Ort gewesen war oder nicht, aber dort hatte er seine boshafte Präsenz definitiv gespürt. Sogar als Colt den Keller, in dem Edward angekettet war, schon längst wieder verlassen hatte, ließ Letzteren dieses unbeschreibliche Gefühl, das ihn beim Grinsen des Übeltäters ergriffen hatte, nicht mehr los.

»Das muss wohl dieses Bauchgefühl sein, das der Herr Oberst gemeint hat.« Sein eigener sechster Sinn sagte Edward nun, dass er aktuell in der Tinte saß. »Kapiert. Ich muss meinem sechsten Sinn mehr vertrauen«, murmelte er.

Er schlug seine Handflächen zusammen und befreite sich mithilfe einer Transmutation von seiner Kette.

»Dann wollen wir den Fall nun ein für alle Mal lösen.«

Colt wusste nicht, dass Edward ein Alchemist war, und hatte noch dazu Alphonse im Gasthaus zurückgelassen.

Das bedeutete, dass Edward sich befreien und sein Bruder das Militär informieren konnte. Sein sechster Sinn sagte ihm daher nun, dass er diesen Fall lösen konnte und deshalb Vertrauen fassen sollte.

»Und hopp!«

Edward sprang auf die Beine.

»Aber wenn ich's euch doch sage! Ich hab keinen Sohn!«

Alle starrten ihn an, als hätte er ein Schild mit der Aufschrift »Stadtgespräch des Tages!« um den Hals. Roy knallte das Lösegeldschreiben auf den Tisch.

»Das ist nur ein schlechter Scherz! Verschont mich doch mit diesem Mist!«

Er stand aber immer noch im Mittelpunkt der allgemeinen Aufmerksamkeit des Eastern Commands.

»Aber in dem Brief heißt es doch: ›An die Führung des Eastern Commands. Wenn Sie Ihren Sohn wiederhaben wollen, zahlen sie zwanzig Millionen Cens. Details folgen.‹«, sagte der stämmige Leutnant Breda und tippte mit dem Finger auf den Brief unter Roys Hand.

»Und soweit ich weiß, kann damit nur der General gemeint sein oder eben Sie, Herr Oberst«, fuhr ein schlankerer Mann, Oberfeldwebel Falman, fort.

»Wir können das doch nicht als schlechten Scherz abtun. Dafür ist es den anderen Entführungsfällen zu ähnlich«, fiel Fuery ein, der Roy über die äußerst bedenkliche Angelegenheit informiert hatte.

»Es heißt zwar ›Führung‹, aber da steht kein Name! Warum glaubt ihr mir denn nicht?! Damit muss der General gemeint sein!«, schnaubte Roy.

»Den haben wir schon gefragt, Herr Oberst«, antwortete Havoc. »Sein Sohn ist schon erwachsen und alle seine Enkelkinder sind zu Hause. Es muss also Ihr Sohn sein, Herr Oberst ...«

Havocs Miene war bierernst, aber der Hauch eines Lächelns umspielte seine Lippen und verriet, dass er sich innerlich köstlich über die Situation amüsierte.

»Mein Sohn?! Himmeldonnerwetter! Ich hab doch keinen! Wann hätte ich denn mal einen auf dem Stützpunkt dabeigehabt?!«

Roy stand schon der Schaum vorm Mund. Alle Anwesenden interessierten sich offenbar mehr für die Existenz oder Nichtexistenz von Roys Nachwuchs als für die eigentliche Entführung. Er wusste, dass dieses Geplänkel eine willkommene Auflockerung des harten Arbeitsalltags war, aber da es doch der eine oder andere auf dem Stützpunkt ernst zu nehmen schien, bestritt er alles vehement.

»Stimmt, ich hab Sie hier noch nie mit einem Kind gesehen, aber ...«

»Aber wenn die Lösegeld fordern, müssen die doch irgendwen haben ...«

»Ich glaube Ihnen, Herr Oberst ... glaub ich zumindest.«

»Angesichts Ihres bisherigen Verhaltens haben wir allen Grund zu zweifeln.«

»Ein heimliches Kind ...?«

»Wow! Was, wenn es nicht nur eins ist?«

»Wie viele es wohl sind ...?«

Roy wies die durcheinanderplappernde Bande zurecht: »Schluss mit dem Blödsinn!!«

Aber nachdem es die erste interessante Nachricht seit Langem war, ließ die Meute noch nicht von ihm ab.

»Haben Sie wirklich keins?«, fragte Breda.

»Hab keins!«

»Ganz sicher?«, wollte sich Fuery vergewissern.

»JAHA!«

»Und Sie haben auch nicht die leiseste Ahnung von einem?«, erkundigte sich Falman.

»Das darf doch alles nicht wahr sein!«

»Herr Oberst?« Havoc tippte ihm auf die Schulter.

»WAS?«

»Sie können es schon ehrlich zugeben.«

»...!«

Roy war sprachlos und holte schon aus, um Havoc eine Kopfnuss zu verpassen, erstarrte aber mitten in der Bewegung.

»Das ist der Brief mit der Lösegeldforderung?« Hawkeye nahm den Brief von Roys Schreibtisch.

»Frau Oberleutnant, das ist ein ganz schlechter Scherz«, wollte Roy im Versuch, Missverständnisse zu vermeiden, seiner Adjutantin erklären, die ihren Platz vorhin verlassen hatte, um essen zu gehen.

»Verstehe. Dabei haben Sie doch gar keine Kinder, Herr Oberst.« Hawkeye gab Roy die Lösegeldforderung zurück, fragte aber dennoch: »Nur um auf Nummer sicher zu gehen: Das ist doch korrekt, oder? Sie haben keine.«

»Frau Oberleutnant, Sie werden das Gewäsch doch nicht für bare Münze nehmen?«

»So habe ich das nicht gemeint. Aber wenn Sie doch einen Sohn hätten, wäre dieser in Gefahr, also frage ich lieber sicherheitshalber. Außerdem haben wir bisher zwar Anschlagsankündigungen, aber noch nie eine Lösegeldforderung erhalten. Daher sollten wir das doch ernst nehmen.«

Hawkeyes Gesicht zeigte wie immer im Dienst keinerlei Emotion. Im Gegensatz zu den anderen hatte sie kein Interesse daran, Roy zu necken.

»Nein, ich habe keine Kinder«, erwiderte dieser ernst.

»Ist das so?«

»So ist es.«

»...«

Einen Moment lang war es so still, dass man die Flöhe hätte husten hören können, aber dann meldete sich Hawkeye wieder zu Wort: »Warum haben Sie denn dann gezögert, als Oberfeldwebel Falman Sie vorhin gefragt hat, ob Sie auch nicht die leiseste Ahnung hätten?«

»Das habe ich doch gar nicht!« Roy beteuerte verzweifelt seine Unschuld.

»...«

In Hawkeyes fein geschnittenem, hübschem Gesicht lag nun ein so ernster Blick, dass Roy das Gefühl hatte, einem Verhör unterzogen zu werden. So wie sie ihn anstarrte, war er fast versucht zu bestätigen, ein Kind zu haben, obwohl es nicht der Wahrheit entsprach.

Kann mich bitte jemand retten?, rief er innerlich um Hilfe.

Just in diesem Moment erschien eine Wache in der Tür.

»Entschuldigen Sie, Herr Oberst. Hier ist ein Alphonse Elric für Sie. Soll ich ihn reinlassen?«

Ja, da war sie, seine Rettung: allerdings anders, als er sie sich gewünscht hatte.

»Was? Der Fullmetal Alchemist ist entführt worden?!«

Das, was ihnen Alphonse gerade schilderte, war für alle Anwesenden schwer zu fassen.

»Wie ist das denn zugegangen?«, wunderte sich Roy.

Die bloße Vorstellung, einen Staatsalchemisten – eine Waffe auf zwei Beinen – zu entführen, verschlug einem den Atem. Aber wenn man dann noch hörte, dass das Entführungs-»Opfer« Edward Elric war, empfand man sogar ein wenig Mitleid mit den Entführern.

»Wer den entführt, muss ja echt Eier haben!«

»Wer ist denn so blöd, dass er diesen Flegel haben will?!«

»Der wird denen schon mächtig auf die Rübe hauen.«

»Herzliches Beileid an die Kidnapper.«

Jeder hier kannte Edwards Charakter und war froh, nicht in der Haut der Entführer zu stecken. Alphonse versuchte jedoch, den Anwesenden die Dringlichkeit der Angelegenheit klarzumachen. Sicher, Edward konnte natürlich auf sich selbst aufpassen, aber da war ja noch die kleine Ancy! Es war gut möglich, dass ihr Leben in Gefahr war. Um persönlich ins Eastern Command zu kommen, hatte Alphonse den ganzen Tag gebraucht. Vor Ort hatte es niemanden von der Militärpolizei gegeben, an den er sich hätte wenden können, und er hatte auch nicht gewusst, wie er von außen jemanden in der Kommandantur direkt hätte erreichen können.

»Ich weiß nicht, wie die auf die Idee kommen, dass Edward Ihr Sohn ist, Herr Oberst«, sagte Alphonse. Er berichtete alles, was ihm bekannt war: die Atmosphäre im Gasthof, in dem sie übernachtet hatten, die Namen und das Aussehen der Leute dort, die herumliegenden Frachtstücke am Bahnsteig, wie sie Ancy kennengelernt hatten und auch die neuesten Erkenntnisse des heutigen Tages.

»Ich dachte erst, es wäre jemand, der sich als Ancys Onkel ausgegeben hat, aber ...« Alphonse sagte, dass er im Zug lange darüber nachgedacht hatte. »Ich denke, dieser Colt ist auch verdächtig. Erst hielt ich es ja einfach für nett, dass er einem weinenden Kind, das seine Eltern vermisst, einfach ein Buch schenkt ... Aber egal, wie gut es zeichnen kann ... Wer kauft denn einem weinenden Mädchen einen Kunstband mit Gemälden herausragender Maler? Das ist nichts, was man so einfach in die Finger kriegt. Das muss schon vorher besorgt worden sein, nachdem man in Erfahrung gebracht hatte, aus was für einer Familie die Kleine stammt und was sie mag. Ich wollte Colt daher zur Rede stellen, aber er war nicht mehr da. Es ist doch verdächtig, dass er gleichzeitig mit Ed, Ancy und deren angeblichem Onkel verschwindet. Deshalb glaube ich, dass der beteiligt sein muss ... Ein Komplize. Der Wirt hat mir gesagt, dass Colt schon lange vor Ancy und ihrem Onkel im Gasthof abgestiegen ist. Aber er meinte auch, dass die Leute im Gasthaus Reisende grundsätzlich nicht groß ausfragen. Mehr war daher nicht rauszufinden.«

Als er mit seinem Bericht am Ende war, war jeder tief in Gedanken versunken.

»Dieser Colt macht wirklich einen zwielichtigen Eindruck ... Bisher haben die Kinder ihre Entführer zwar immer ganz unterschiedlich beschrieben, aber es könnte schon sein, dass dieser Colt dahintersteckt und eben immer neue Leute schickt, die sich die Hände schmutzig machen sollen.«

Falman hielt sich nachdenklich das Kinn und Breda nickte mit verschränkten Armen.

»Ancys Eltern haben den Entführern gerade mitgeteilt, dass sie das Geld zusammenhaben, und warten auf Informationen zur Übergabe. Deshalb ist vielleicht Edward als ihr nächstes Opfer schon jetzt in den Fokus gerückt.«

»Kann sein, aber …« Roy brach mitten im Satz ab. Irgendetwas stimmte nicht.

»Was denn?«, wollte Fuery wissen, aber Hawkeye antwortete an Roys Stelle: »Es ist komisch, dass die sich ausgerechnet Edward schnappen.« Sie blätterte eine Akte mit früheren Entführungsfällen durch. »Bisher waren alle entführten Kinder, so auch die Tochter des Kunsthändlers, höchstens sechs Jahre alt. Klar sucht man sich so kleine Kinder aus, weil man die leicht überlisten kann, aber Edward …?«

»… ist zwar ein Zwerg, aber viel zu alt und auch nicht gutgläubig«, beendete Havoc den Satz. Hätte der »Zwerg« diesen Satz gehört, wäre er sofort an die Decke gegangen.

»Also dieses Mal krallen die sich ein Kind, das man eigentlich nicht unter Kontrolle kriegt, und schleichen sich frühmorgens, also in einem auffälligen Zeitfenster, davon … Äußerst dubios, das Ganze. Das entspricht gar nicht dem bisherigen Modus Operandi der Täter. Es ist, als wäre es ihnen diesmal egal, wenn sie erwischt werden. Vielleicht soll das ihre letzte Entführung werden …«

Als er seinen Gedankengang laut aussprach, kam es Roy noch viel plausibler vor. Dass die Bombenanschläge und die Entführungen zusammenhingen, war nun so gut wie sicher. Es war schon auffällig, dass sie sich dieses Mal ein viel älteres Kind ausgesucht hatten. Lag es vielleicht daran, dass sie von Anfang an gar nicht die Absicht gehabt hatten, Edward lebend zurückzubringen?

Sie waren nur so lange diskret geblieben, wie sie mit den Entführungen hatten weitermachen wollen, aber nun hatten sie offensichtlich vor, die Serie zu beenden.

»...«

Roy spürte, wie die Informationsstückchen in seinem Inneren sich langsam zu einer Form fügten. Wenn die Entführungen aufhörten, würde es auch bald keine Terroranschläge mehr geben. Mit anderen Worten: Es war davon auszugehen, dass das Ziel der Täter bald erreicht wäre.

»!!«

In Roy setzte sich alles wie ein Puzzle zusammen.

»Leutnant Havoc! Leutnant Breda! Ich will einen Bericht über die Lieferungen aller Fabriken, die Waffen herstellen! Eine Übersicht über alle Frachtbriefe! Oberfeldwebel Falman, von dir will ich eine Aufstellung über alle Lagerhallen, die derzeit vom Militär genutzt werden! Und Oberleutnant Hawkeye, bitte erstellen Sie mir eine Liste über alle noch intakten Bahnlinien und checken Sie die Gebäude in deren Umgebung!« Roy hob den Kopf und verteilte Aufgaben an alle. »Wenn sich diese Theorie bewahrheitet, dann steckt ein Genie dahinter ...«

Alphonse beobachtete das hektische Treiben, das eben ausgebrochen war, und wandte sich an Roy: »Äh, wegen Ed ...«

»Dem passiert nichts. Wir finden ihn und dann können wir das vielleicht alles aufklären. Nein, wir werden es sogar ganz sicher aufklären. Auch dieser ewige Tumult ist heute Abend vorbei«, sagte Roy mit Nachdruck, um Alphonse' Sorge um Edwards Sicherheit zu zerstreuen.

Kurz darauf waren alle mit den Informationen, um die er sie gebeten hatte, zurück und Roy erklärte: »Ich habe das Verbindungsglied zwischen den Anschlägen und den Entführern! Fangen wir mal mit den Entführungen an. Die dienten dazu, die Bombenleger anzuheuern und den Kauf von Waffen und so zu finanzieren. Die scheinbar willkürlich verübten Bombenanschläge hatten dann den Zweck, Waffen und Sprengstoff zu beschaffen, die von den Fabriken an das Militär hätten geliefert werden sollen. Da ging es nicht nur um Kinkerlitzchen, sondern um richtig große Lieferungen. Ein Riesenarsenal.«

Roy tippte auf die Karte an der Wand hinter sich.

»Das hier waren die ersten Strecken, die zerstört wurden. Danach kamen die, die und die hier ...« Er markierte jede Stelle mit einem Kreuz. »Dann ist hier eine der Fabriken, die Rüstungsaufträge bekommt ... Bumm. Gesprengt. Hier kann die Fracht vorübergehend zwischengelagert werden und hier ist ein Güterzugdepot, ein Verkehrsknotenpunkt zwischen den ganzen Militäreinrichtungen ...«

Roy malte ein X nach dem anderen auf die Karte. Schließlich versah er auch die Stelle mit einem, an der sie den letzten Anschlag verhindert hatten.

»Es wurden fast alle Direktverbindungen zwischen der Fabrik und den Militärstützpunkten zerstört. Außerdem werden wegen dieser Anschläge mehr Waffen bestellt und die werden von einer einzigen Fabrik aus versandt. Nur können die Waffen wegen der Anschläge nicht auf dem üblichen Weg geliefert werden, sondern werden über andere Strecken umgeleitet und wieder umgeleitet und wieder …« Roy drehte sich von der Karte weg. »Havoc, Breda, habt ihr die Lieferscheine von der Fabrik?«

Die beiden warfen hastig einen Blick in ihre Unterlagen.

»Von gestern bis heute haben sie die Waffenbestellungen auf die Güterzüge verladen«, sagte Breda.

»Es sind wirklich, wirklich viele«, fügte Havoc hinzu.

»Falman, was ist mit den Lagerhäusern?«

»Wegen der Anschläge haben auch die alles, was bei ihnen zwischengelagert worden ist, für den Weiterversand über die Schienen fertig gemacht«, berichtete Falman das soeben in Erfahrung Gebrachte mittels des Kommunikationsgeräts, das Fuery bediente.

Während alle Bericht erstatteten, zeichnete Hawkeye die noch intakten Strecken auf der Karte ein. Es blieb nur eine einzige Bahnlinie zwischen der Fabrik und dem Eastern Command, die nicht unterbrochen worden war.

»Das hier ist die Stadt, in der Alphonse und Edward übernachtet haben.« Hawkeye fuhr mit dem Finger schnell über die Karte. »Und von da aus gibt es noch einen Ort, der näher an der Kommandantur liegt und in dem noch weniger Leute leben. Dort gibt es nicht mal Militär, dafür aber ein großes Stahlwerk, das vor einigen Jahren stillgelegt wurde … Das muss die Basis der Terroristen sein.« Hawkeye deutete auf einen Punkt auf der Karte.

Roy starrte einzig und allein auf diesen Ort.

»Heute fährt ein mit Waffen vollgestopfter Zug dort vorbei. Wetten, die Terroristen liegen da drin bestens vorbereitet auf der Lauer?«

Kapitel 5

Kämpfe

Ein einsames Gleis führte durch eine öde Landschaft ohne jede Vegetation. Riesige Felsbrocken lagen verstreut auf der blanken braunen Erde. Über den Schienen, die ferne Städte miteinander verbanden, flimmerte die Luft in der Sonnenglut. Ein paar kleinere Lagerhäuser in der Nähe der Schienen zeugten davon, dass auch hier einmal Menschen gelebt hatten. Sie waren bereits äußerst baufällig, Dächer und Wände teilweise eingestürzt.

Und mittendrin überragte eine riesige verlassene Fabrik alles andere. Sie war wohl an die sechs Stockwerke hoch.

Von außen sah man große Stahltüren und Rolltore an Laderampen. Vor ihrer Stilllegung musste es hier sehr geschäftig zugegangen sein.

Jetzt allerdings ...

Die einst weißen Wände des Gebäudes waren schmutzig grau. Was einmal farbig gewesen sein mochte, war von der Sonne ausgebleicht. Die Außenwände der Obergeschosse waren genau wie das Dach zum Teil eingestürzt und gaben den Blick auf Stahlträger frei – das Skelett des verfallenden Bauwerks. Absolut kein einladender Ort.

Und doch würden sich hier in Kürze um die dreißig Terroristen, die vorhatten, einen Zug zu überfallen, und ein Junge, der sie daran hindern wollte, eine Schlacht liefern.

»Ancy!« Edwards Wispern hallte von den Steinwänden im Keller wider. »Ancy! Wenn du mich hörst, antworte!« Er war leise zum Kellereingang geschlichen und spähte hindurch.

Von seiner Fußfessel befreit, war er aus seinem Verlies ausgebrochen und suchte in den anderen Räumen nach Ancy. Nach dem, was sie ihm am Vorabend erzählt hatte und was er von den Entführungen und den Anschlägen wusste, war Edward zu dem Schluss gekommen, dass das kleine Mädchen auch entführt worden war und in irgendeinem der Kellerräume hier stecken musste. Die Terroristen hatten keine Wachen platziert, da sie Edward und Ancy wohl für normale Kinder hielten ...

Das hieß jedoch nicht, dass niemand hier war. Den Schritten und den sonstigen Geräuschen zufolge, die er von oben hören konnte, mussten ziemlich viele Menschen im Gebäude sein. Das bestätigten auch menschliche Schatten, die sich vor dem Eingangstor bewegten. Edward musste gut aufpassen, dass er bei seiner Suche nach Ancy nicht entdeckt wurde. Er hätte sofort zu Colt gehen und dessen Plan stoppen wollen, aber erst musste er sich vergewissern, dass das Mädchen in Sicherheit war. Nachdem er alle Kellerräume inspiziert hatte, die wie der, in dem er festgehalten worden war, Lagerräumen ähnelten, blieb Edward nur noch eine Treppe, die nach unten führte.

»Ancy, bist du da?«

»Edward ...?«, antwortete ihm ein feines Stimmchen.

»Ancy!«

Edward sah Ancy in einer Ecke sitzen und eilte zu ihr.

»Fehlt dir was? Bist du verletzt?«

»Nein.«

In diesem Raum gab es sogar Strom und im Schein der Lampe lag Ancys Gemäldeband.

»Schön, dass du da bist. Ich hab ein neues Bild gemalt. Hier, für dich! Ich konnte es dir leider nicht geben, weil mein Onkel gesagt hat, ich muss mich wegen den Bomben hier im Keller verstecken.«

Ancy freute sich ehrlich, Edward zu treffen. Dass sie von allem, was passiert war, nichts mitbekommen hatte, hieß, dass die Entführer noch vorhatten, sie ihren Eltern lebend zurückzugeben. Tief erleichtert, dass ihr nichts passiert war, nahm Edward das Bild entgegen. Darauf waren er selbst mit seinem blonden Zopf und Alphonse in seiner Rüstung inmitten vieler anderer Menschen zu sehen – und alle wirkten fröhlich. Ancy zeigte lächelnd auf zwei Personen in der Menge.

»Das da sind mein Papa und meine Mama. Und das da in der Mitte, das bin ich.«

Alle hielten sich an den Händen. Edward tätschelte dem kleinen Mädchen den Kopf.

»Bald bist du wieder daheim bei Mama und Papa.«

Er nahm es auf den Arm.

»Du, Edward?«

»Ancy, kannst du kurz mucksmäuschenstill sein?« Er legte verschwörerisch einen Finger an die Lippen. Ancy hielt es für ein Spiel und machte es ihm nach: »Pssst!«

Edward brachte sie schnell in einen kleinen unterirdischen Raum in der Nähe des Eingangs, den er vorhin gefunden hatte. Dort setzte er sie hinter einem großen Schreibtisch ab und sah ihr direkt in ihre kindlichen Kulleraugen.

»Du musst jetzt gut aufpassen. Das kann gleich ziemlich laut werden und du wirst auch Leute rufen hören. Aber egal, was ist, du darfst hier nicht raus. Verstanden?«

»Es wird laut?« Da Edward so ernst war, bekam Ancy Angst. »Wird denn was ganz Schreckliches passieren?«

»Du brauchst keine Angst haben.« Edward lächelte das Mädchen beruhigend an.

»Da oben spielen gleich ganz viele Leute Fangen. Und Verstecken. Deshalb versteck dich hier gut, ja? Damit man dich nicht so leicht finden kann!«

»Okay!« Als sie von dem Versteckspiel hörte, hatte Ancy keine Angst mehr. »Verstecken spielen kann ich gut«, sagte sie.

»Braves Mädchen. Bald kommen ich oder Al ...« Edward machte eine kurze Pause und hoffte, dass es nicht nur Wunschdenken war. »... oder jemand von der Armee – das sind die, die in der Stadt immer in so einer blauen Uniform rumlaufen – um dich abzuholen. Dann ist das Versteckenspielen vorbei.«

Roy musste doch eins und eins zusammenzählen können, wenn ihm Alphonse berichtete, was passiert war. Im festen Glauben daran wuschelte Edward Ancy durch die Haare.

»Okay, du bleibst genau hier. Deal?«

»Ja!«

Im Gehen drehte er sich noch einmal um, um sicherzugehen, dass Ancy hinter dem Tisch vom Eingang des Kellers aus auch sicher nicht zu sehen war.

»Na, dann wollen wir die Bande mal aufmischen.« Er prüfte die Lage auf der Treppe in der Fabrik und auf der Stahltreppe draußen, bevor er mit großen Schritten auf das Eingangstor zulief.

Draußen vor dem großen Eisentor, das ungefähr so weit geöffnet war, dass man einzeln hindurchgehen konnte, standen ein paar Terroristen und rauchten.

»Ist der Zug noch nicht in Sicht?«

»Von hier aus sieht man ihn sowieso nicht.«

»Hier unten weht mir der Wind dauernd den Sand in die Augen. Ist denn nicht endlich mal Schichtwechsel?«

Edward schlich sich von hinten an und belauschte sie. Die Terroristen mussten in den oberen Stockwerken auf der Lauer liegen und auf den Zug warten. Von oben behielt man leichter den Überblick. Hier unten waren nur die drei am Tor.

Edward vergewisserte sich, dass ihr Blick auf die Landschaft gerichtet war, und verpasste dem Tor einen kräftigen Stoß. Mit einem lauten Klong fiel es ins Schloss. Die drei Wachen fuhren herum, aber Edward presste bereits beide Handflächen an das Tor.

»H... Hey?!«

»Was ist los? Wer ist da? Aufmachen!«

Sie hämmerten gegen das Tor und drückten die Klinke, doch da: Zuff! Mit einem Zischen verwandelte es sich in eine solide Eisenplatte. Keine Maus konnte mehr herein oder hinaus. Edward rannte weiter bis zu einem Loch in der Mauer, groß genug, dass ein Mensch hindurchgehen konnte. Er schlug wieder die Handflächen zusammen, legte sie auf das Stahlgerüst und stopfte das Loch mit Alchemie. Dann verschloss er einen weiteren Riss in der Wand und versiegelte zwei Fenster, ganz, als ob er das verfallende Gebäude renovieren wollte. Klopfgeräusche am Tor, das zu einer Stahlplatte geworden war, dazu der Lichtschein der

Transmutationen: Als sich die Wände auflösten und durch die alchemistischen Reaktionen neu formten, wurden plötzlich auch Stimmen aus den oberen Etagen laut ...

»Was sind das für Geräusche?«

»Schaut da mal nach!«

Von oben hörte man Schritte und ein paar Männer kamen die Treppe heruntergelaufen.

»Ist da wer? Warum ist das hier so finster?«

Da durch die inzwischen verbarrikadierten Fenster und Wände kein Licht mehr fiel, war es so dunkel, dass man die Hand nicht mehr vor Augen sah. Aus einer Ecke hörte man so etwas wie ein Klatschen, ein Licht flammte auf und das letzte Loch war versiegelt.

»Was war das denn eben für ein Licht?«

»Da ist doch einer!«

»Da ist ein Eindringling im Erdgeschoss!«

Die Augen der Terroristen, die eben erst aus dem lichtdurchfluteten ersten Stock gekommen waren, gewöhnten sich nur langsam an die Dunkelheit. Sie sahen nichts, aber hörten jemanden die Treppe hochlaufen.

»Im Erdgeschoss ist er nicht mehr!«

Edward stieg eine Außentreppe hinauf, nachdem er die letzte verbliebene Öffnung im Erdgeschoss von außen abgedichtet hatte. Die Männer richteten aus jedem Fenster der oberen Etagen ihre Gewehre auf ihn, aber er war schon in der ersten Etage verschwunden.

»Ey! Wer bist du?«

»Hey! Da ist irgendein komischer Kerl beim Notausgang im ersten Stock.«

Der Aufruhr im Erdgeschoss hatte die Männer abgelenkt und als der plötzlich hereinspringende Edward sie überraschte, rissen sie ihre Gewehre herum.

»Zu langsam!«

Im Laufen verwandelte Edward seinen rechten Arm in eine Klinge und hieb mit einem Streich den auf ihn gerichteten Gewehren den Lauf ab. Sie fielen scheppernd zu Boden.

»Huch ...«

Einer der Männer starrte ungläubig auf den sauber abgetrennten Lauf, hinter ihm zog ein anderer eine Pistole aus dem Holster.

Piff, paff. Die Kugeln pfiffen Edward um die Ohren. Hinter ihm kam ein weiterer Mann die Treppe aus dem zweiten Stock herunter und feuerte auf ihn. Die leeren Hülsen wurden ausgeworfen, aber keine der Kugeln traf ihr Ziel. Schon beim ersten Schuss breitete sich um Edward ein blendendes Licht aus und als es verlosch, stand dort eine Wand.

»Wa...?«

»Ein Alchemist?!«

Den Männern war die Munition ausgegangen und sie starrten fassungslos auf die Wand. Hinter ihnen kamen schon die nächsten Bewaffneten die Treppe herunter.

»Was ist hier los?«

»Ein Eindringling!«

»Wo kommt diese Wand her?«

Die Männer versuchten, die Wand zu umgehen, hinter der sie Edward vermuteten. Da fing sie an zu schwanken.

»Achtung!«, rief Edward und trat gegen die Wand.

»Uaah!«

Sie donnerte genau hinter den fliehenden Männern nieder.

»Und ich hab noch was auf Lager!«

Eingehüllt in Rauchschwaden, presste Edward seine Handflächen an die umgestürzte Wand. Augenblicklich verformte sie sich und eine Säule wuchs aus ihr heraus Richtung Treppe.

»Aaaargh!« Die Männer auf den Stufen sahen die Betonlanze mit voller Wucht auf sich zustürmen und stürzten ein Stockwerk höher, um sich in Sicherheit zu bringen. Sie hatten kaum die zweite Etage erreicht, da hatte die Säule die Treppe auch schon zerschmettert. Edward machte auf dem Absatz kehrt und eilte zum Notausgang zurück. Wie zu erwarten gewesen war, hagelte es von oben Kugeln.

Die Außenmauer schwoll unter Edwards Fingerspitzen an und Wellen breiteten sich in ihr aus, bis sie um die Fenster und die Notausgänge in den oberen Geschossen Vorsprünge ausbildete.

»Scheiße!«

»Ich kann ihn nicht mehr sehen!«

Wie ein Baldachin versperrten diese nun den von oben auf Edward zielenden Männern die Sicht. Der kletterte in ihrem Schutz mal ein Stockwerk nach oben, mal eines nach unten, um die Terroristen vollends zu verwirren. Sie konnten nun gar nicht mehr einschätzen, wo er war.

Im obersten Stock waren die meisten Außenwände eingestürzt und Colt hielt allein und mit dem Fernglas in der Hand Ausschau.

Zu Beginn der Schießerei war jemand zu ihm heraufgelaufen, um ihn über einen Eindringling zu informieren, aber als er gehört hatte, dass es nur ein einziger war, hatte er es seinen Männern überlassen, sich darum zu kümmern, und spähte selbst weiterhin nach dem Zug. Es war wohl ein Spion einer anderen Extremistengruppierung, die von seinen Plänen Wind bekommen hatte und zum Auskundschaften vorgeschickt worden war. Doch er scherte sich nicht weiter darum und konzentrierte sich lieber auf die Durchführung ihres Plans.

Sobald der Güterzug kam, würde er, Colt, ihn unverzüglich aufhalten. Man musste ja nur etwas auf die Gleise legen, um ihn zum Bremsen zu bringen. Dann konnten sie zuschlagen. Und selbst im unwahrscheinlichen Fall, dass der Zug nicht bremste, würde er entgleisen und sie kämen trotzdem an die Waffen.

Es spielte keine Rolle, wenn es unter den Fahrgästen Todesopfer gab, Hauptsache, das ultimative Ziel würde erreicht.

»…?«

Doch der Lärm von unten hörte und hörte nicht auf. Colt setzte genervt das Fernglas ab. Warum schossen die denn immer noch? Das war doch nur ein einzelner Eindringling, oder nicht? Von unten stürzte wieder jemand die Treppe herauf und keuchte: »Colt! Wir haben ein Problem!« Er fiel auf die Knie und rang nach Atem.

»Was soll der Lärm da unten? Was ist mit dem Eindringling?«

»Wir kriegen ihn nicht. Er … also …« Er schüttelte den Kopf, sodass die Schweißtropfen von seiner Stirn spritzten. »Wir können nicht mal mehr runter! Vom zweiten Stock abwärts ist alles blockiert, die Fenster und alles! Hier kommt keine Fliege mehr raus!«

»Wie war das?!« Colt zog die Augenbrauen hoch. Wenn sie hier eingesperrt waren, konnten sie den Zug nicht überfallen. Sie waren doch schon so weit gekommen, der Plan durfte jetzt nicht mehr schiefgehen.

»Was soll das heißen: ›Hier kommt keiner mehr raus‹? Warum?«

Colt packte den Mann am Kragen und zog ihn unsanft auf die Beine. Der erschauderte, als er in die hasserfüllten, zusammengekniffenen Augen seines Bosses blickte. Er wusste, dass Colt es mehr als alles andere hasste, wenn die Pläne, die er einmal ausgearbeitet hatte, umgestoßen wurden. Hielt sich jemand nicht genau daran, wurde er gnadenlos zur Rechenschaft gezogen. Der einzige Grund, warum Gael neulich nicht entsorgt worden war, als er sich mit diesem Soldaten und einem Zivilisten angelegt hatte, war seine monströse Kraft, die durchaus nützlich war. Jeden anderen hätte Colt dafür kaltgemacht.

Der Mann, den er im Moment am Kragen gepackt hielt, schrie: »Das ist ein Alchemist! Ein Alchemist! Er macht Fenster, Wände und Treppen kaputt und verformt alles, sodass man nirgends mehr durchkann. Der bewegt sich total unberechenbar und man kriegt ihn nicht in die Finger! Er verändert einfach das ganze Gebäude, wie es ihm passt! Wir haben keine Chance!«

»Ein Alchemist?«

Colt ließ den Mann los und warf einen vorsichtigen Blick durch das marode Stahlgerüst nach unten. Die Wände waren verformt und die Treppen ganz verzogen. Und genau da … sprang eine kleine Gestalt aus dem Notausgang im zweiten Stock. Sie legte die Handflächen aneinander und verschloss die Öffnung mit einem Eisengitter. Nachdem sie ihre Verfolger auf diese Weise losgeworden war, rannte die Person weiter in den dritten Stock. Indessen pfiffen unentwegt Schüsse durch die Luft, aber die Wände bewegten sich und schützten den Unbekannten davor, getroffen zu werden. Er sah nach oben und für einen Moment trafen sich ihre Blicke.

»Hng …!«

Es war Edward, der blonde Junge, den er im Keller eingesperrt hatte. Dieser grinste hämisch und rannte weiter nach oben.

»Edward … Verdammt, ist das etwa dieser Fullmetal Alchemist Edward Elric …?« Colt schlug auf einen Pfeiler neben sich. Klong. »Scheiße! Wie konnte mir das entgehen?! Ich hab zwar gehört, dass der jung ist, aber wer rechnet denn mit so einem Dreikäsehoch?! Mom…« Colt fiel auf einmal ein, was Gael vom Güterbahnhof erzählt hatte. Ein leises »Oh verdammt« fluchend, rannte er nach unten.

Im vierten Stock war ein Materiallager. Außer zwei Männern, die mit Ferngläsern die Gleise beobachteten, und Gael war sonst niemand dort. Von unten erschallten immer noch Schüsse, Schreie und das Gepolter einstürzender Mauern. Colt feuerte direkt neben Gael, der sich auf einer Kiste ausgestreckt hatte, ein paarmal in den Boden.

»Gael! Hoch mit dir!«

»Hrmmm?«

Schlaftrunken öffnete Gael die Augen, nicht im Mindesten überrascht von den Schüssen, obwohl sie so nah neben ihm eingeschlagen hatten.

»Was soll das, Colt …? Ich bin müde.«

Colt antwortete jedoch unwirsch: »Du hast doch gesagt, du hast am Güterbahnhof einen Alchemisten gesehen. Sah der aus wie der Kleine, den ich entführt hab?«

»Wie? Worum geht es hier überhaupt?«

»Beantworte die Frage!« Colt hielt ihm die Pistole an die Schläfe. Gael blieb jedoch unbeeindruckt.

»Als ob ich mich daran erinnern würde. Du weißt doch, dass ich mir nichts merken kann, Colt. Ich bin halt vergesslich.«

Gael war ganz ruhig und lachte, als würde es ihm nichts ausmachen, dass die Mündung einer Pistole auf ihn gerichtet war. Er grinste wohl weniger, weil er mutig war, sondern eher, weil er nicht einmal verstand, dass Waffen den Tod bringen konnten.

»Der war halt blond. Mehr weiß ich nicht mehr.«

»Wenn das Blondchen von dort und der Alchemist unten ein und dieselbe Person sind, dann hat sein Kumpel in der Rüstung vielleicht vom Gasthaus aus direkt das Militär benachrichtigt! Wenn die schnallen, dass die Anschläge und die Entführungen zusammenhängen, haben sie vielleicht auch von dieser Operation erfahren … Dir wird es noch leidtun, mit deiner Schlamperei Probleme verursacht zu haben!« Colt hatte den Finger am Abzug.

Doch plötzlich rief jemand: »Colt! Der Zug kommt!«

Der Chef der Bande nahm die Waffe weg und schaute auf Gael hinunter. Der gähnte und streckte sich genüsslich, als wäre er nicht gerade eben knapp dem Tod entronnen. Colt deutete mit einer Kinnbewegung zur Treppe.

»Haltet den Zug auf!«

Er selbst ging ohne ein weiteres Wort in Richtung der Stufen zum fünften Stock.

Gael stand endlich auf.

»Und du, Colt? Du tust nichts?«, rief er ihm nach und hängte sich die zahlreichen Schusswaffen, die er neben sich auf dem Boden abgelegt hatte, mit Gewehrriemen über die Schultern.

Colt hob seine Pistole und antwortete, ohne sich umzudrehen: »Du weißt doch, anders als für dich ist körperliche Arbeit nichts für mich. Ich mache nur bei der hier den Finger krumm.«

Er verließ die beiden Wachen und Gael und ging wieder nach oben. Auch wenn er behauptete, er könne nur mit einer einzigen Waffe umgehen, hatte er doch genau mit dieser einen Waffe und seinem scharfen Verstand viele Menschen auf dem Gewissen. Die beiden Wachen hatten die Drohung klar verstanden. Es würde sie das Leben kosten, wenn sie die Operation vermasselten.

»Ha ha ha. Na, wo er recht hat … Fürs Grobe taugt unser Superhirn nicht. Wenn ich 'ne Waffe und was zum In-die-Luft-Jagen krieg, hab ich alles, was ich will.«

Gael sammelte alle herumliegenden Waffen ein, ohne auf die Einschüchterung zu reagieren, und verließ das Stockwerk.

Unten hatte Edward alles bis zum zweiten Stock abgeriegelt und lieferte sich im Halbdunkel einen erbitterten Kampf mit den Terroristen, um sie daran zu hindern, den Zug zu überfallen.

»Jetzt reicht's aber!«

Er hatte nicht vor, jemanden zu töten, und schlängelte sich wie ein Wiesel zwischen den zusammengescharten Männern hindurch, während er ihren Angriffen auswich. Er war davon ausgegangen, wenn es dunkel wäre, würden sie aufhören zu schießen und er könnte sie nacheinander ausknocken, doch das schien ein bisschen zu naiv gedacht gewesen zu sein.

»Schießt!«

»Jetzt schießt doch!«

»Scheißegal, wen ihr trefft! Hauptsache, den Kleinen erwischt's auch!«

»Ey! Schießen wir ein Loch in die Wand im Erdgeschoß!«

Die Männer, die nur im Kopf hatten, dass ihr Ziel so gut wie erreicht war, ballerten blindlings drauflos.

»Hua!« Als Edward sah, dass die durch die Dunkelheit fliegenden Kugeln die Mauer durchschlugen, die er transmutiert hatte, wechselte er schnell den Standort und zog eine neue empor. Der ursprüngliche Plan war gewesen, die Terroristen alle im zweiten Stock einzusperren und sich Colt dann alleine vorzuknöpfen. Aber er hatte es mit fast dreißig Gegnern zu tun. Daher lief es doch nicht so reibungslos.

»Ach Mann! Blöder Oberst, beeil dich doch mal!«

Jetzt war es bei ihm an der Zeit zu fluchen.

Wamm. Mit einem gewaltigen Getöse barst die Mauer, die er eben errichtet hatte, in tausend Stücke.

»Wa...?!«

Als seine Wand nicht einfach von Kugeln durchlöchert wurde, sondern explosionsartig zersplitterte, riss Edward die Augen auf.

»Ach herrje. Da war er ja gar nicht.«

Diese Stimme hatte er doch schon einmal gehört. Anspannung zeigte sich auf Edwards Gesicht.

»Wir kennen uns ja doch schon.«

Im schummrigen Licht sah Edward Gael vor sich stehen. Ihm war klar gewesen, dass er früher oder später auf ihn treffen musste, wenn die verlassene Fabrik wirklich der Unterschlupf der Terroristen war. Er hatte nur gehofft, es wäre nicht so bald.

»Da ist ja meine kleine Ratte wieder!« Lachend ließ Gael die Faust, mit der er eben die Wand eingerissen hatte, wieder sinken.

»Der irre Kraftmeier!«, entfuhr es Edward, der wegrannte, um Distanz zwischen sich und Gael zu bringen, und sich der Position der Treppe vergewisserte. Gael würde es mit seiner übermenschlichen Kraft gelingen, die Wand niederzureißen, sodass alle nach draußen könnten. Und sobald sie das geschafft hätten, wäre es ihnen möglich, den Zug zu überfallen.

Es war zwar unwahrscheinlich, dass jemand aus so großer Höhe hinunterspringen würde, aber für alle Fälle hatte Edward die Wände vom Erdgeschoss bis in den zweiten Stock dicht gemacht. Er musste Gael daran hindern, nach unten zu kommen und dort eine Wand einzureißen. Andernfalls wäre alles umsonst gewesen.

»Du gehst nirgendwohin!«

Er machte sich für einen Angriff bereit, aber behielt dennoch die anderen Männer im Auge.

»Colt hat recht gehabt, du siehst wirklich aus wie einer, den ich neulich erst getroffen hab ...«

Doch im Gegensatz zu Edward, dem das Adrenalin nur so durch die Adern pumpte, neigte Gael mit einem Blick in Edwards Gesicht nur den Kopf und sagte: »Irgendwie ähnlich, aber dann doch wieder nicht. Na, ist ja auch egal.«

Gael brachte seinen Kopf zurück in Ausgangsposition und holte erneut zum Faustschlag aus. Edward presste die Hände zusammen und war dabei, eine neue Waffe zu erschaffen, doch da rief jemand verärgert: »Gael! Der Zug kommt! Scheiß auf den Jungen! Sieh zu, dass du rauskommst!«

»Ah, stimmt ja!«

Gaels ursprünglich auf Edward zielende Faust war nun auf die Außenwand gerichtet.

»Ey! Wir sind im zweiten Stock!«, rief ihm Edward zu. Er hatte aus dem ganzen Eisenschrott eine lange Stahllanze gemacht.

Das hier war nicht die zweite Etage eines Wohnhauses. In einer Fabrik waren die Decken sehr hoch und so befand sich auch der zweite Stock in beträchtlicher Höhe.

Edward erwartete nicht, dass Gael springen würde, aber drosch ihm die Eisenstange trotzdem mit voller Wucht auf den rechten Arm, um zu verhindern, dass er einen Ausgang in die Wand schlug.

»Autsch!«

»…!«

Die Eisenstange traf Gaels Oberarm mit voller Wucht. Aber der zuckte nicht mal.

»Das hat wehgetan!« Er packte die Stange mit seiner anderen Hand und überraschte Edward damit kalt. Der hatte nicht damit gerechnet, dass sein Gegner auf einen derart heftigen Hieb kaum reagieren würde, und war einen Augenblick wie erstarrt. Edward spürte, wie er hochgehoben wurde und den Boden unter den Füßen verlor. Er ließ die Lanze los und Gael schleuderte sie in eine Ecke. Edward fiel auf den Boden und der Aufprall verschlug ihm den Atem. Als er versuchte, wieder auf die Beine zu kommen, drang Gaels Gelächter an seine Ohren.

»Mua ha ha. Hasta la vista, mein Mäuschen!«

Edward sah gerade noch, wie Gael höflich winkte und direkt auf die Wand zustürmte. Er konnte nur entsetzt zusehen, wie Gaels massiger Körper dagegenprallte und sie zerriss, als sei sie nur aus Papier. Das gleißende Licht, das durch das Loch in der Wand kam, blendete Edward. Er beschattete seine Augen mit der Hand, um zu prüfen, wo Gael geblieben war. Gegen das Licht sah er die bullige Gestalt des Mannes deutlich durch die Luft tanzen, als dieser sich hinunterstürzte.

»Verflucht!«

Verärgert sprang Edward auf die Beine, bevor ihn die bewaffneten Männer umzingeln konnten. Aus der Ferne hörte man eine Dampflok pfeifen.

Am Himmel stieg langsam eine Rauchsäule auf.

»Noch einer?!«, entfuhr es Roy genervt, als er sie aus der Ferne erblickte.

»Das ist schon der neunte«, stellte Hawkeye auf dem Fahrersitz fest.

»Sieht aber wieder eher klein aus …«

»Wenn es an so vielen unterschiedlichen Orten Anschläge gibt, wie lange wird es dann dauern, bis wir Verstärkung bekommen?«

Frustriert sah Roy auf Hawkeyes Hände am Lenkrad.

»Alles okay mit der Steuerung?«

»Ich habe mich daran gewöhnt. Das Auto hat zwar ein paar Macken, aber ist schon okay.«

Sie hielt das Lenkrad fest in der Hand, den Blick starr nach vorn auf die Straße gerichtet.

»Bei denen da vorne mach ich mir mehr Sorgen.«

Vor ihnen heizte ein weiterer Jeep in halsbrecherischer Geschwindigkeit dahin und man hörte hin und wieder jemanden kreischen.

»Solange die Gas- und Bremspedal nicht verwechseln, passt das schon. Hier gibt es keine Hindernisse, mit denen die kollidieren könnten. Einfach Gas geben und ans Ziel kommen.«

Roys schwarzes Haar flatterte im Wind und der Abstand zum Wagen vor ihnen vergrößerte sich immer mehr. Am Horizont tauchte die Silhouette der verlassenen Fabrik auf.

Roy hatte keine Zeit verloren und vom Eastern Command aus alle anderen Stützpunkte über das nächste Ziel der Terroristen informiert. Zusätzlich hatte er das Zentralkommando kontaktiert und den Notfall dargelegt. Er hatte umgehend genügend Männer zusammentrommeln wollen, um sofort zuschlagen zu können.

Aber dann waren ohne jede Warnung gleichzeitig an den verschiedensten Orten Bomben gezündet worden und man hatte die Soldaten dort gebraucht. Damit hatte Roy seine Back-up-Teams verloren.

Obwohl klar gewesen war, dass die Flut an Bombenalarmen als Ablenkungsmanöver gedacht war, hatte in der Kommandantur ein solches Chaos geherrscht, dass er schließlich Falman und Fuery das Kommando übertragen hatte und mit Breda, Havoc und Alphonse in den nächsten Zug gesprungen war. Doch bevor sie an der Haltestelle, die am nächsten an der stillgelegten Fabrik lag, angekommen waren, hatte eine erneute Bombendrohung den Zug aufgehalten.

Jedoch …

»Wir hatten Glück …«, murmelte Roy im Auto.

»Da haben Sie recht.« Hawkeye nickte im Fahrtwind.

Roy und seine Leute hatten sich an dem Bahnhof, an dem sie gestrandet waren, Wagen vom dortigen Militär leihen wollen, aber dann zufällig Nähe die Geländewagen der Terroristen entdeckt.

In den beiden mit Planen abgedeckten Jeeps war niemand gewesen. Die Besitzer waren sicher gerade dabei, irgendwo Bomben zu platzieren.

Roy hatte sie sofort als die beiden Wagen erkannt, die Edward und er bei dem vereitelten Anschlag am Güterbahnhof gesehen hatten.

Sogar die Waffen hinter den Sitzen waren noch da gewesen. Die Terroristen hatten also nicht weit sein können.

»An diesem Auto wurde ziemlich viel rumgebastelt«, stellte Hawkeye fest und kämpfte damit, den Wagen auf der holprigen Straße zu halten.

»Ich frage mich immer noch, was die vorhaben, wenn die so viel Geld und all diese Waffen anhäufen.«

»Möglicherweise wollen die eine Organisation aufbauen, die es mit der Armee aufnehmen kann, und putschen. Es sind vielleicht Leute, die dem Militär extrem grollen.« Roy sah auf das Waffenarsenal hinter den Sitzen. »Wer die meisten Waffen hat, regiert das Land. Das war früher schon so und ist heute nicht anders. Terroristen und die Armee unterscheiden sich nur darin, wer stärker bewaffnet ist. Allerdings ...«

Roy wiederholte unbewusst, was Colt nur ein paar Stunden zuvor zu Edward gesagt hatte. Er hatte wohl mehr mit dem Anführer der Terroristen gemein, als ihm lieb war.

»Ich will nie aus Hass zur Waffe greifen müssen ...« Er wusste nicht, welches Leben die Terroristen bisher geführt hatten, doch sie hatten wohl ihre Gründe für ihr Tun. Wer sein ganzes Leben lang glücklich gewesen war, griff nicht zur Waffe. Aber wenn die Terroristen jemandem das Leben nehmen wollten, würde auch Roy den Abzug drücken. Als Soldat trug auch er eine Waffe und er würde nicht zögern, sie einzusetzen, wenn es notwendig war.

Letztendlich sind die Armee und die Terroristen wahrscheinlich gleich.

Dennoch hatte er selbst sich für die Armee entschieden. Und deshalb musste er auf den Weg, den er nun mal eingeschlagen hatte, vertrauen und ihn weitergehen.

Neben Roy, der unwillkürlich einen Blick auf die Hand warf, in der er für gewöhnlich seine Waffe hielt, stimmte Hawkeye ihm mit einem Murmeln zu.

»Ja, ich auch nicht …« Wie Roy sah nun auch sie auf ihre eigenen Hände, die das Lenkrad umfasst hielten. Es war nicht einfach, eine Waffe zu ziehen. Aber auch sie hatte ihren Weg selbst gewählt. »Sie mag hübsch aussehen, aber ich benutze meine Waffe lieber, um etwas zu schützen, als etwas zu nehmen … So denke ich jedenfalls.«

»…«

Roy blickte eine Weile schweigend auf das Profil von Hawkeye am Steuer und sah dann wieder nach vorn.

»Geben Sie Gas.«

»Jawohl.« Hawkeye trat das Gaspedal durch.

Zur selben Zeit saß Havoc am Steuer des anderen Wagens, der ein ganzes Stück vor Roy und Hawkeye fuhr.

»Ey, sag mal, ist das denn okay, wenn wir den Oberst so abhängen?«

Havoc drehte sich um.

»Huarks! Schau nach vorne! Nach vorne!«

»Havoc, schauen Sie bitte auf die Straße!«

Breda auf dem Beifahrersitz und Alphonse auf der Rückbank lenkten Havocs Blick wieder nach vorn. Der Wagen holterdiepolterte die Straße entlang, die Fabrik zur Linken und die Bahngleise zur Rechten.

»Boah, das ist echt gefährlich.«

»Das ist doch unsere Rede! Du bist mit Bleifuß unterwegs, ohne dich überhaupt schon ans Fahren gewöhnt zu haben! Deinetwegen haben wir den Herrn Oberst schon fast abgehängt und ganz nebenbei verkürzt du auch noch unsere Lebenserwartung!«

»Unser Auto hat mehr PS als das vom Oberst. Und außerdem konnte ich die Beschleunigung nicht einschätzen, eben weil ich nicht daran gewöhnt bin. Aber dafür sind wir schneller am Ziel!«, tat Havoc Bredas Anschiss leichtfertig ab. Es war nur noch ein kurzes Stück bis zur Fabrik.

»Schaut doch. Gleich sind wir da!«

Havoc war etwas vom Gas gegangen, um sich vor einem Angriff der Terroristen noch möglichst gut zu orientieren, beschleunigte aber auf einmal wieder.

»Was ist denn da los?!«

»Hä? H... Hey! Was hast du denn auf einmal?!«, kreischte Breda und klammerte sich im Wagen fest. Aber Havoc trat noch mehr aufs Gaspedal.

»Oh nein!«

Breda und Alphonse folgten Havocs ernst nach vorn gerichtetem Blick.

»Oh!«

»Da, auf den Gleisen!«

»Wenn der Zug da reinfährt, entgleist er hundertpro!«

Vor ihnen rollte eine Gruppe Männer gewaltige Baumstämme auf die Schienen.

»Herr Oberst!«, rief Alphonse nach hinten, aber Roys Wagen war noch weit weg.

»Wie viele legen die denn da hin?!« Havoc riss das Steuer nach rechts und raste die Schienen entlang. »Leutnant Breda!«

»Jawoll!«

Breda schnappte sich eines der Gewehre von der Rückbank und feuerte einen Warnschuss in die Luft. Die Männer bemerkten Havoc und die anderen und reagierten mit Schüssen in ihre Richtung. Aber es hatten offensichtlich nicht alle Gewehre dabei, weil sie mit den Baumstämmen beschäftigt gewesen waren. Der Jeep war außerdem noch außer Reichweite der Kugeln, sodass den Männern nach und nach die Munition ausging, ohne ernsthaft eine Gefahr für die Soldaten und Alphonse dargestellt zu haben.

»Wir haben hier keine Deckung! Rückzug!«

»Wir dürfen sie nur die Stämme nicht wegräumen lassen. Dann kriegen wir die Waffen auf jeden Fall!«

Eine Handvoll bewaffneter Männer gab dem Rest Rückendeckung, während sich alle in die Fabrik zurückzogen. Havoc bemerkte, dass der größte von ihnen unbeirrt weiter vorn stehen blieb, in jeder Hand eine Schusswaffe.

»Ob das der Kerl mit der monströsen Kraft ist?«

Havoc erkannte, dass es sich um Gael handeln musste, den Mann, von dem Roy gesprochen hatte. Er sah aus, als ob er den Jeep einfach so umschmeißen könnte, wenn man ihm unvorsichtigerweise zu nahe käme. Havoc durchwühlte die Waffen auf der

Rückbank, packte drei Handgranaten und gab sie Breda. Auch dieser hatte Gael wohl erkannt. Er achtete darauf, die Gleise nicht zu beschädigen, zog den Stift und warf die Handgranate mit aller Kraft. Vielleicht war es übertrieben, aber Roy hatte Gael als einen Kerl beschrieben, »der die Kugel auffängt und zu dir zurückwirft, wenn du eine Kanone auf ihn abfeuerst«. Es blieb keine Zeit zum Zögern. Der Zug würde jede Minute hier eintreffen.

Gael grinste, als er sah, wie die Handgranaten auf ihn zuflogen.

»Das ist ja richtig gefährlich. Aber zu spät!« Er und die anderen Männer zogen sich zurück, dafür näherten sich Havoc und die anderen der Blockade.

»Da liegen ja gleich drei solche Stämme!«, motzte Havoc, hielt den Jeep an und eilte zu den Stämmen auf den Gleisen. Breda ging hinter dem Wagen in Deckung, brachte sein Gewehr in Stellung und begann, auf die Fabrik zu feuern.

»Hnnngrrr. Uah! Da rührt sich nix!«

»Uuuuuurrrgh!«

Es war unmöglich, dass Havoc einen Baum, den fünf oder sechs Männer hergerollt hatten, allein wegbekam. Auch mit Alphonse' Hilfe bewegten sich die Stämme keinen Millimeter.

»Argh, verdammt ...!«

Havoc spürte schon die Erschütterungen des herannahenden Zuges auf den Gleisen und blickte die Schienen entlang, während er weiter einen der Stämme wegzurollen versuchte.

Dann sah er Rauch aufsteigen: Der Zug kam. Sein rechteckiger Schatten über dem langen Gleis zeichnete sich ganz deutlich ab.

Alphonse stemmte sich immer noch mit aller Kraft gegen einen Baumstamm und plötzlich bewegte er sich ein Stück. Er zeichnete einen Transmutationskreis und ließ den Stamm mit einem Schnipsen zur Seite rollen. Es war jedoch schwierig für Alphonse, die Alchemie so gezielt einzusetzen, dass die Schienen nicht beschädigt wurden. Bei den beiden anderen Stämmen konnte er das Risiko nicht eingehen.

»Leutnant Havoc! Der Zug kommt!« Breda schätzte aus den Augenwinkeln immer wieder die Entfernung zum Zug ein, während er weiter auf die Männer feuerte, die aus der Fabrik schossen.

»Ich weiß ...!«

Der Zug war noch nicht allzu nah. Sie mussten jedoch verhindern, dass er anhielt, wenn der Zugführer das Hindernis bemerkte. Die Terroristen hatten das Feld nur kurzzeitig geräumt, weil sie sicher waren, dass der Zug aufgehalten werden würde. Es war sinnlos, sich jetzt ein Gefecht zu liefern, wenn sie in ein paar Minuten so viele Waffen hätten, wie man sich nur vorstellen konnte. Es war allerdings sicher, dass sie angreifen würden, sobald der Zug zum Stehen gekommen wäre. Dabei wäre egal, ob er bremste oder entgleiste. In beiden Fällen kämen die Terroristen an ihr Ziel.

»Jetzt beweg dich schon!«

Alphonse versuchte mit aller Kraft, die Stämme wegzuschieben.

Vielleicht bekam er unnatürliche Riesenkräfte, wie man sie nur in Notsituationen entwickelte, aber schließlich bewegte sich einer der Baumstämme ein Stückchen. Havoc und Alphonse nutzten den Schwung aus und rollten den Stamm von den Schienen. Stamm Nummer zwei war weg. Sie hörten den Zug pfeifen. Der Zugführer musste das Hindernis und die Personen auf den Gleisen bemerkt haben und drosselte die Geschwindigkeit.

»Wo bleibt denn nur ... der Oberst ...?!«

Havoc drückte aus Leibeskräften gegen den letzten Stamm und ächzte. Wenn der Zug zu stark abbremste, würde es einige Zeit dauern, bis er wieder Fahrt aufnehmen könnte. Diese Chance würden sich die Terroristen nicht entgehen lassen. Havoc stand der Schweiß auf der Stirn. Er sah, wie der Zug drastisch abbremste. Gleichzeitig war aus der verlassenen Fabrik Jubelgeschrei zu hören.

Wir schaffen es nicht ...!

Doch genau in dem Moment, in dem sowohl Havoc als auch Alphonse und Breda das dachten, kam ein Auto herangebrettert.

»Platz da!«

Roy sprang aus dem fahrenden Wagen.

»Sie sind ganz schön spät dran!«, schrie Havoc, erleichtert, dass der Oberst noch rechtzeitig gekommen war, und entfernte sich mit Alphonse schnell vom Stamm.

Roy presste seine Hände, die in weißen Handschuhen steckten, dagegen.

Auf den Handrücken hatte er Transmutationskreise gezeichnet. Er rieb die Hände aneinander und mit einem kurzen Knisterton stoben Funken aus seinen Fingern und flogen durch die Luft.

»Ich mach Asche aus dir!«

Der letzte Baumstamm auf den Schienen ging in Flammen auf. Holzspäne flogen durch die Luft und verglühten, noch bevor sie auf dem Boden aufschlugen. Der Zug nahm wieder Geschwindigkeit auf und aus der Fabrik kamen Wutgeschrei und Schüsse.

Nun würde die entscheidende Schlacht beginnen.

»Scheiße«, fluchte Colt im fünften Stock der Fabrik.

Er sah durch das Fernglas, wie der Zug an der Fabrik vorbeifuhr. Unten näherten sich Soldaten mit zwei Wagen seiner Männer, die sie weiß der Geier woher hatten, und den Waffen, die sich darin befanden, im Schatten der Lagerhäuser der Fabrik. Colt sah auf, als er den Schusswechsel hörte, der unten begonnen hatte.

Der Zug war bereits weg und alles, was man in der Einöde sehen konnte, war ein einsames Gleis in der Abendsonne. Er wusste, seine Operation war gescheitert. Ihm war auch klar, dass er nicht entkommen konnte. Selbst von seinen Kameraden unter ihm würde wohl kaum jemandem die Flucht gelingen. Es gab kein Vorgehen nach Plan mehr. Sie waren zu siegessicher gewesen und hatten verloren.

Colts klarer Verstand nahm die diesmalige Niederlage ruhig hin. Zwar kochte er innerlich vor Wut, dass seine Pläne durchkreuzt worden waren, aber er ließ es sich nicht anmerken. Sein lang gehegter Hass auf das Militär mischte sich mit seinem Ärger über sein Scheitern und wurde noch heftiger. Sein Zorn wuchs umso mehr, weil er seine Pläne dieses Mal so sorgfältig durchgeführt hatte.

Er schleuderte sein Fernglas in die Luft und schoss es in einer Bewegung wie eine Tontaube vom Himmel. Colt bebte vor Entrüstung, dass seine Taktik zum ersten Mal seit seiner Geburt fehlgeschlagen war.

Roy und seine Leute stiegen aus den Wagen, teilten sich auf und gaben einander Rückendeckung. Als sich der Oberst der verlassenen Fabrik näherte, machte ihn der Anblick ihres Zustands sprachlos.

»Was ist denn mit diesem Gebäude passiert?!«

Die untere Hälfte war ein viereckiger Kasten ohne Fenster, mit Ausnahme von großen Löchern im Erdgeschoss und im zweiten Stock. Die Wände wanden sich wie ein Kuhschwanz in alle Richtungen und die Treppen an der Außenseite waren ganz verdreht.

»Das sieht nach meinem Bruder aus«, antwortete der mit Roy gemeinsam agierende Alphonse, obwohl er sich sicher war, dass dieser sich das bereits dachte. »Der war schon immer ein Angeber.«

Sie waren Brüder, Alphonse war sich des Charakters seines Bruders bewusst. Einerseits war Edward zielstrebig und ausdauernd, hatte eine hervorragende mentale Stärke und eine nüchterne Sicht auf die Dinge. Und dann wiederum war sein Verhalten alles andere als nüchtern und schlug ins Gegenteil um.

Wenn er etwas für richtig hielt, setzte er sich ohne zu zögern mit all seiner Kraft dafür ein.

»Ich verstehe. Ich hätte auch nicht erwartet, dass sich der Fullmetal Alchemist fangen lässt und brav abwartet, bis er befreit wird.«

Roy und Alphonse, Edwards Rettungsteam, waren beim Anblick des gewaltsam völlig transformierten Gebäudes erleichtert, dass Edward vorerst unversehrt sein musste.

Aber er konnte es da drin nicht ewig mit so vielen Leuten aufnehmen. Sie mussten ihm schnellstmöglich zu Hilfe kommen.

Roy stand Alphonse gegenüber und wartete auf das Startsignal von Havoc und den anderen, die ihnen Rückendeckung geben sollten.

Alphonse hätte ursprünglich im Eastern Command bleiben sollen. Er hatte nicht mal gefragt, ob er mitkommen durfte, da ihm bewusst gewesen war, zu welcher Größenordnung diese Mission gehörte. Aber beim Aufbruch der anderen war er gekommen, um sie zu verabschieden, und Roy hatte ihm die Hand entgegengestreckt, da er wusste, wie sehr Alphonse sich um seinen Bruder sorgte und wie wichtig sich beide Brüder waren.

»Aber du machst keinen Blödsinn, ja?«, ermahnte ihn Roy.

»Nein. Ich pass auf und tu, was ich kann. Ich werd nichts Leichtsinniges tun.«

»Na, dann befreien wir mal den entführten Unruhestifter.«

»Jawohl!«

Da sahen sie das Signal des anderen Teams und rannten los.

Unter dem schweren Geschützfeuer von Havoc und Breda, schlichen sich die beiden näher an das Gebäude heran und stellten sich mit dem Rücken zur Wand. Verwundete Terroristen saßen demoralisiert am Eingang zur Fabrik. Roy linste ins Innere und als er sah, dass die dortige Treppe so verformt war, dass sie ihre Funktion als Zugang zum zweiten Stock nicht mehr erfüllte, richtete er seinen Blick auf die Treppe, die an der Außenwand des Gebäudes angebracht war.

»Da hat er ja ein Kunstwerk produziert.« Roy sah die einst gerade Treppe hinauf. Sie war hier und dort dermaßen verzogen, dass es nicht gerade so wirkte, als würde sie jemand hinaufsteigen können. »Als ob ich zum Geräteturnen hergekommen wäre …«

Roy zog die Uniformjacke aus, um sich besser bewegen zu können, und schnappte sich das Geländer, das schräg über ihm zur Seite abstand. Ein Felgaufschwung und er war oben und stützte sich mit den Füßen auf einer weiteren Geländerstange ab. Hinter ihm kletterte nun auch Alphonse hoch. Sie folgten den gewundenen Eisenstangen, bis sie eine Art versperrten Notausgang im zweiten Stock erreichten, auf den Alphonse einen Transmutationskreis zeichnete.

Flumm. Der Eingang wurde in ein gleißend helles Licht getaucht. Kaum war es erloschen, trat Roy die gerade entstandene Tür ein. Sofort hörten sie ein Maschinengewehrfeuer. Roy und Alphonse gingen hinter der Außenmauer in Deckung.

Ra-ta-ta-ta-ta. Während sie hörten, wie diese innen unentwegt von Kugeln getroffen wurde, standen sie nun dort, die Tür zwischen sich. Ohne zu wissen, wer sich darin befand, konnte Roy nicht riskieren, in den schwach beleuchteten Raum hineinzuschießen. Seine Waffe in der Hand, ging er vorsichtig in Stellung. Auch Alphonse hatte zwar keine Angst vor den Kugeln, da sein Körper aus einer Rüstung bestand, aber wollte nicht riskieren, dass Edward oder Ancy vielleicht von einem Querschläger getroffen wurden.

»So dunkel, wie es hier ist, können wir eigentlich nichts tun.«

»Das stimmt. Wenn wir wenigstens wüssten, ob Ed überhaupt da ist …«

Edward würde Ancy niemals zu einem derart gefährlichen Ort mitnehmen. Alphonse war sicher, dass es nur Terroristen sein konnten, wenn sein Bruder nicht hier war. Aber sie konnten Edwards An- oder Abwesenheit nicht bestätigen.

»So laut, wie das hier ist, kann er uns nicht hören, selbst wenn wir ihn rufen.«

»…« Nach kurzem Überlegen sagte Alphonse: »Ich wüsste schon was, auf das er ziemlich sicher reagieren würde, egal, wie leise es wäre.«

»Ach ja?«

»Allerdings … ist er dann stinksauer …«

»Das ist ein Notfall. Da kann man nichts machen.«

Auf Roys Worte hin nickte Alphonse mit einem »Ja, das ist wahr«, entschuldigte sich innerlich, steckte den Kopf ein kleines Stück weit durch die Tür und sagte: »Huhu, Gartenzwerg!«

Egal, was Alphonse gesagt hatte, Roy befürchtete, es war zu leise gewesen, als dass Edward es hätte hören können. Aber nachdem Alphonse sich vergewissert hatte, dass keine Antwort kam, zeigte er voller Selbstsicherheit auf das nächste Stockwerk.

»Hier ist er nicht. Gehen wir nach oben.«

»Dein Bruder hat wirklich so ein Problem mit seiner Größe?«

»Ja. Gartenzwerg, Affenpinscher … Bei allen Worten, die irgendwas mit kleinen Dingen zu tun haben, wird er zur reißenden

Wildsau. Ich hab ihm ja schon so oft gesagt, dass er mehr Milch trinken soll, aber er mag sie eben nicht.«

Nach seiner Erklärung wiederholte Alphonse »Huhu, Gartenzwerg!« im zweiten Stock. Und dann, als er es noch einmal im dritten sagte, in dem sich niemand befand, geschah es ...

»Ey, du Arsch! Wer ist hier ein Gartenzwerg?!«

Die Antwort kam nicht aus diesem Stockwerk, sondern von oben aus dem vierten.

»Er ist eins höher«, stellte Alphonse fest.

»Der hat aber gute Ohren.«

Roy und Alphonse sahen sich unwillkürlich an. Edward, dem Gael entwischt war, hatte durch das von diesem hinterlassene Loch in der Wand gesehen, dass das Eastern Command inzwischen da war, und daraufhin beschlossen, sich Colt vorzuknöpfen. Doch die Zahl der Gegner war groß und man hörte von überallher eilige Schritte und Lärm, als würde oben ein erbitterter Kampf ausgefochten. Roy und Alphonse wollten sofort zu Hilfe eilen, doch blieben wegen des von dort erklingenden Gebrülls stehen.

»Ey! Aus dem Weg! Also, wer war das grad mit dem Gartenzwerg?! Weg da, hab ich gesagt ... Jetzt kommt mir nicht dauernd in die Quere!«

Laute Geräusche folgten: Patsch. Bong. Wamm. Dann wurde es still und Edward kam die Treppe heruntergerannt.

»Wer war das? Wer nennt mich hier Gartenzwerg? Na los, komm raus!«

Als Roy und Alphonse Edward zähnefletschend und geifernd vor sich sahen, war ihnen klar, dass er ihre Hilfe nicht brauchte.

»Ich bin kein Zweeeeerg!«

Der Junge, der da seine Fäuste schüttelte und vor sich hin röhrte, war kein »entführter Unruhestifter«, sondern ein »entführtes Raubtier«.

Nachdem Alphonse es geschafft hatte, Edward zu beruhigen, hatte er ihn nach Ancy gefragt und war wieder nach unten gegangen. Er war froh, dass seinem Bruder nichts passiert war, nichtsdestotrotz machte er sich auch Sorgen um das kleine Mädchen. Außerdem musste auch jemand Hawkeye und die anderen informieren, die irgendwo unten verstreut waren.

Edward und Roy gingen währenddessen weiter nach oben, um Colt zu verhaften.

»Wenn ich gewusst hätte, wie sehr dich ein einziges Wort auf die Palme bringen kann, wäre ich nie hergekommen, um dich zu retten.«

Roy tänzelte um die auf der Treppe herumliegenden bewusstlosen Terroristen herum ins nächste Obergeschoss.

»Seien Sie still!«, knurrte Edward den Oberst an und übersprang selbst einen Bewusstlosen, der ihm im Weg lag. »Gartenzwerg« hatte ungeahnte Kräfte entfesselt und Edward hatte alle Terroristen in den oberen Stockwerken im Alleingang ausgeschaltet.

»Warum regt dich ›Gartenzwerg‹ denn so auf?«

»Ich hab gesagt, Sie sollen still sein!«

Edward nahm die Fäuste hoch. Ein Schatten bewegte sich in einer Ecke des vierten Stocks, gerade als sie vorbeikamen.

»Gartenzwerg? Ich mag Gemüse aus dem Garten, nur keine Ratten.« Es war Gael. »Autschi. Mein Nacken tut weh. Ist nicht gut, wenn man auf Containern schläft.«

»Was? Der Kerl schon wieder? Wie kommt der denn hier wieder rein?«

Edward hatte bis vorhin im Materiallager im vierten Stock gekämpft, doch Gael dabei anscheinend nicht bemerkt.

»Ich hab mir ein Päuschen gegönnt. Die Stämme auf die Schienen zu kriegen, war schon ein ganzes Stück Arbeit.«

Entweder hatte Gael nicht mitbekommen, dass die Stämme von den Gleisen gerollt, verbrannt und gesprengt worden waren und der Zug problemlos hatte passieren können, oder es war ihm schlicht und einfach egal. Roy zielte mit seiner Pistole auf ihn. Er wusste ja bereits aus Erfahrung, was für eine übermenschliche Kraft Gael besaß. Da er jedoch die Möglichkeit bedachte, dass eine Kugel an den Stahlcontainern abprallte, konnte er nicht so einfach abdrücken. Dieses Zögern nutzte Gael und warf einen Tisch, der zwischen den Containern herumstand, nach ihnen.

»Schei…!«

»Nicht schon wieder!«

Sie hechteten begleitet von Gaels fröhlichem Gekicher vor dem Tisch in Sicherheit.

Im vierten Stock gab es viele Kisten und Tische und auch ganze Stahlcontainer zum Verladen auf die Züge. Edward und Roy verzogen die Gesichter. Es war wieder dieselbe Situation wie am Güterbahnhof. Ihnen war noch lebhaft im Gedächtnis, wie Gael den Container nach ihnen geworfen hatte. Ohne einen Plan, wie man am besten gegen ihn vorging, mied man diesen Kerl lieber. Noch dazu war er im Unterschied zum letzten Mal auch noch bewaffnet.

Gael lachte und brachte sein Gewehr in Anschlag.

Sein Verhalten, das ganz so wirkte, als würde ein Kind ein Spielzeuggewehr halten, schien irreal. Doch Roy und Edward, die es klar als real erkannten, machten sich schleunigst aus dem Schussfeld. Funken flogen und dort, wo die beiden, die sich nun im Schatten eines Containers versteckten, eben noch gestanden hatten, zersplitterte eine Kiste in tausend Stücke.

»Verdammt! Das ist schlimmer als beim letzten Mal!«, rief Edward Roy zu, als die Holzsplitter um sie herum durch die Luft flogen. »Bewaffnet und mit dieser Wahnsinnskraft – wir haben keine Chance!«

Roy wartete das Ende des Holzsplitterregens ab und lugte aus ihrem Versteck heraus, um sich einen Überblick über die Lage zu verschaffen. In dem Container wenige Zentimeter vor ihnen klaffte ein Loch.

»Herr Oberst!«

»Runter!« Und schon pfiff eine Kugel über ihre Köpfe hinweg.

Im Dröhnen des Kugelhagels entstand auch in dem Holzcontainer, hinter dem sich Roy und Edward versteckten, ein Loch. Das Dauerfeuer ließ und ließ nicht nach.

Der Flame und der Fullmetal Alchemist saßen da, die Hände als Schutz vor den herabfallenden Trümmern über dem Kopf, und harrten aufmerksam aus.

»Hmmm? Hab ich denn gar nichts getroffen? Sehr seltsam.«

Gael strich über den Lauf seiner Waffe und warf das leere Magazin aus. Er nutzte den Moment der Ruhe und glitt in den Schatten einer Kiste in der Nähe.

Edward und Roy schauten dorthin, wo er eben noch gestanden hatte.

Sie hatten erwartet, dass ihr Container überall durchlöchert wäre, aber stattdessen waren die Einschüsse sehr gebündelt und befanden sich ganz in der Nähe der Stelle, an der ihre Köpfe gewesen waren. Auch wenn es den Anschein gehabt hatte, Gael hätte willkürlich herumgeballert, hatte er sein Ziel nicht verfehlt.

»Ein Schusswaffenvirtuose ist er anscheinend auch noch.«

»Herr Oberst, was ist mit Ihnen?«

Edward schaute auf Roys Pistole im Holster an seiner Hüfte. Doch sein Vorgesetzter machte keine Anstalten, seine Waffe zu ziehen.

»Hier gibt es auch Metallcontainer. Meine Kugeln prallen vielleicht ab. Deshalb zögere ich, sie zu benutzen.«

»Aber dieser Gael hat doch auch keine Sekunde gezögert!«

»Vielleicht ist er selbstbewusster, weil er so geschickt ist …!«

Katschak. Sie hörten, wie das geladene Magazin wieder eingesetzt wurde.

»Das oder er denkt eben rein gar nichts!«, meinte Edward und die beiden hechteten wieder zur Seite. Nur Sekunden später schoss der Boden dort in die Höhe, wo sie eben noch gestanden hatten. Die Splitter des von Kugeln getroffenen, berstenden Bodens zogen eine Spur hinter Edward und Roy her, als würden sie sie verfolgen.

»Tanzt, meine Mäuschen, tanzt! Euer Gael kriegt euch trotzdem.«

Während Gael sie auf einem Container stehend mit seinem Lachen überschüttete, nahm er ein weiteres der Gewehre, die er um seine Schultern gehängt hatte, legte an und schickte neue Salven los. Edward und Roy trennten sich, aber der Gewehrlauf folgte ihnen nacheinander und es war eine große Anzahl schnell abgefeuerter, lauter Schüsse zu hören.

»Was ist denn das für ein Kerl? Der ist ja krank!«, rief Roy, als die Kugeln mit schrecklichen Scheppergeräuschen direkt neben ihm in den Stahlcontainer einschlugen, sodass die Funken stoben.

Vom Deckel des Containers aus machte Gael Jagd auf Edward und Roy. Erblickte er sie, schoss er ganz gezielt, und versteckten sie sich im Schatten einer Kiste, kam er ihnen auf die Spur und schickte ihnen nach Gutdünken Salven hinterher. Alles roch nach Rauch und Schießpulver.

Roy bedeckte seinen Mund und unterlag beim Dröhnen der Gewehrschüsse beinah der Illusion, sie würden gegen einen ganzen Trupp kämpfen.

»Was für ein Kotzbrocken, aber früher oder später geht ihm schon die Munition aus …! Und dann packen wir ihn von hinten …!«

In der Hoffnung auf diese Gelegenheit rannte er hinter den Kisten und den Tischen entlang, um Gael von hinten zu packen, aber realisierte, dass es ein naiver Plan gewesen war.

»Ha ha ha! Dann muss ich halt ein bisschen grob werden!«

Gael warf eine leer geschossene Waffe weg, schnappte sich eine der vielen anderen, die er umgehängt hatte, und feuerte weiter. Roy hätte als Alchemist mit Feuerbällen kontern können. Aber da er nicht wusste, was für Waffen Gael sonst noch bei sich trug, konnte er die Folgen nicht abschätzen. Es bestand schon die Möglichkeit, mit der Flamme nur Gael allein zu treffen, doch es war wahrscheinlich, dass irgendwelche Waffen Feuer fingen und explodierten.

»Sollen wir hier wirklich nur ausharren, ohne einen Finger krumm machen zu können?«

Um der auf ihn gerichteten Mündung zu entkommen, wechselte Roy wieder sein Versteck und rannte in einen toten Winkel hinter Gaels Container. Die Schüsse auf ihn verstummten einen Moment und er schnappte nach Luft. Doch die Feuerpause dauerte nicht lang, die Hasenjagd wurde nun auf Edward eröffnet. Die Schüsse kamen Roys Container immer näher und er fragte sich schon, ob er gleich wieder ins Visier genommen würde. Als er in Verteidigungsstellung ging, tauchte Edward von der Seite des Containers auf und presste sich wie Roy mit dem Rücken dagegen.

»Was ist das nur für ein Typ?« Er musste ziemlich viel gelaufen sein, der Schweiß stand ihm dick auf der Stirn. Während er Atem schöpfte, deutete er mit dem Daumen hinter sich. »Der hat doch einen totalen Knall! Wir kommen nicht mal in seine Nähe, um uns zu wehren, und ich hab auch keine Zeit, irgendwas zu transmutieren. Und sobald dem die Patronen ausgehen, zieht er einfach immer und immer wieder eine neue Waffe!«

»Ja. Und er hat noch viel mehr umgehängt.«

»Das ist doch nicht zu fassen!«

Auf Roys Worte hin beschirmte Edward mit der Hand seine Augen und blickte nach oben.

»Wenn ich doch nur näher an ihn rankäme!«

»Der knallt dich ab, bevor du das schaffst.«

Als Roy, dem vom ständigen Herumhechten ebenfalls heiß geworden war, seinen Kragen lockerte, erklang das Geräusch von über den Container rennenden Füßen. Als Nächstes flog mit einem lauten Bomm etwas Schweres auf irgendetwas anderes.

»...«

»...«

Roy und Edward blickten auf. Der Abstand zwischen den Containern, die inmitten von Stahlträgern und Holzkisten standen, war ziemlich groß.

Bomm. Wieder erklang das dumpfe Geräusch.

Als sie gerade dachten, dass es doch unmöglich war, dass ein so großer, schwerer Kerl wie Gael mit dem ganzen Arsenal, das er auf dem Rücken trug, von Container zu Container sprang, erklang von dem Container hinter ihnen ein weiteres Bomm.

»Hab euch!« Gael lachte fröhlich von oben auf sie herunter. »Game over, ihr Ratten!«

Er war bis zu ihnen herangesprungen und hielt in jeder Hand eine Maschinenpistole. Aber weil er jetzt in Edwards und Roys Reichweite war, wendete sich das Blatt. In dem Moment, in dem er auf dem Container gelandet war, hatte Edward sich ein Stück davon entfernt und schnell umgedreht. Nun sprintete er mit

Vollgas auf den Container zu, auf dem Gael stand. Unten wartete Roy auf ihn, die Knie gebeugt, die Hände gefaltet. Edward trat in die vorbereitete Räuberleiter und sprang, unterstützt von seinem Vorgesetzten, der ihn in die Höhe katapultierte, ab. Hoch in der Luft streckte er seinen rechten Arm aus.

»Ach, von da aus kommst du zu mir! Ich hab schon auf dich gewartet!«

In der Luft streckte Edward seine Arme diagonal nach oben, die linke Hand auf dem rechten Handrücken. Unter seiner Faust strahlte ein Licht. Gleich, als man dachte, es würde heftig flackern, verdichtete es sich. Materie wurde aufgelöst und neu zusammengesetzt, und als das Licht erloschen war, ragte eine scharfe Klinge aus Edwards rechtem Arm. Die Transmutation, die direkt vor seinen Augen stattgefunden hatte, ließ Gael vor Überraschung in der Bewegung erstarren und Edward schlug seinen beiden Waffen den Lauf ab.

»Guah?!« Gael gab ein überraschtes Quaken von sich, als Edward mit einem dumpfen Geräusch vor ihm auf dem Containerdach landete. Die Klinge blitzte noch einmal auf und durchtrennte sauber die Gewehrriemen, mit denen Gael seine Waffen fast wie einen Mantel um den Körper getragen hatte. Sie fielen zu Boden.

Innerhalb von Sekunden war der Kampf entschieden. Sie hatten Gael überrumpelt.

»AAAAAAAH!« Mit einem markerschütternden Schrei fiel dieser mit den Trümmern seiner Waffen vom Container. »Was war das denn grad? Erschreck mich doch nicht so!«

Obwohl er hintenüber vom Container gestürzt war, tat Gael offenbar nichts weh. Unter dem Geschepper und Geklirre seiner Waffen versuchte er, wieder aufzustehen.

Doch da wurde ihm eine Pistole an die Schläfe gehalten.

»Keine Bewegung.«

Roy stand neben ihm. Mit einer Kinnbewegung deutete er auf den Container vor ihnen.

»Hände an den Container. Und nicht aufstehen.«

»Ey, wie unfair! Zwei gegen einen!«, beschwerte sich Gael, aber blieb auf den Knien und tat, wie ihm geheißen.

Edward hockte oben auf dem Container und schaute auf ihn hinunter.

»Har har har, fettes Sorry, aber wir können auch ohne Gewehre kämpfen.« Da es nun endlich ruhig geworden war, verwandelte Edward seine Automail wieder in eine Hand. »Na, dann komm mal brav mit uns mit.«

Aber Gael lachte.

»Hi hi hi hi hi«

Vor Gael, der grinsend seine Zähne zeigte, gab der Container ein Geräusch von sich.

Edward hatte eigentlich gerade hinunterspringen wollen, aber hielt argwöhnisch in der Bewegung inne. Gael hatte immer noch beide Hände am Container und blieb ruhig. Aber ein genauerer Blick verriet, dass seine Muskeln angespannt waren und er gegen den Container drückte. Als Roy und Edward es bemerkten, brüllte Gael auf: »Huarrrrrgh!«

»Waaaahhh!«

Edward oben und Gael unten schrien praktisch gleichzeitig. Als würde er auf ihre Schreie reagieren, neigte sich der Container langsam zur Seite und kippte um. Mit einem gewaltigen Donnern schlug er auf.

Edward, der es gerade noch geschafft hatte, sich auf einen Container daneben zu retten, sah, wie Gael inmitten der aufsteigenden Staubwolke aufsprang. Aber weder Edward noch Roy konnten etwas gegen den in der Luft hängenden Staub tun. Als sie darauf warteten, dass er sich legte, neigte sich auch der nächste Container unter Edwards Füßen.

»Das glaub ich jetzt nicht.«

Hinter Edward, der wieder auf den benachbarten Container geflüchtet war, kam es zu einer ungeheuren Erschütterung und weiterer Staub wirbelte auf. Es musste Stroh darin gewesen sein, denn die Halmstückchen tanzten stechend durch die Luft. Zudem wurde irgendwo ein Container mit Kohle umgestoßen und der schwarze Kohlestaub flog überall herum.

»Aua! Ich hab was im Auge!«

»Alles okay?!«

»Herr Oberst, wo sind Sie?!«

Die Sicht im Raum war gleich null.

»Bist du in Ordnung?« Roys Stimme war aus der Staubwolke unterhalb von Edwards Container zu hören.

»Ja, mir geht's …«, setzte Edward an, aber unter ihm begann der Container zu vibrieren. »… vielleicht doch nicht gut …!« Edward machte einen Satz vom Container, um sich in Sicherheit zu bringen.

Und erneut bebte der Boden. Gael schien einen Container nach dem anderen umzuschmeißen. Immer und immer wieder dröhnte mit einem Bamm der ganze Raum.

Aufwirbelnder Staub. Keinerlei Sicht. Orientierungsverlust. Beben unter den Füßen.

Inmitten dieses Chaos schaute Edward nach unten. Die Vibrationen breiteten sich ohne Abschwächung aus.

»Hmmm ...«

Da hatte er eine Idee. Edward ging grinsend in die Hocke und berührte den Boden. Ein Licht durchflutete den Raum und ein Geräusch wie von einer Kreissäge durchschnitt die Luft.

Das Licht raubte Gael die Sicht und er riss kurz die Augen auf. Unruhig blickte er hin und her und fragte sich, was da geschehen sein mochte.

»...?«

Aber es hatte sich nichts verändert.

»Was denn? Blufft ihr jetzt nur? Ich weiß nicht, was du vorhattest, aber wenn nix passiert ist, hast du versagt! Aha ha ha ha ha!«

Gael lachte und brachte seine Waffe erneut in Anschlag.

»Herr Oberst!«

Edward ignorierte Gaels Spott, wandte sich Roy zu und deutete auf den Boden unter seinen eigenen Füßen.

»Verstehe!« Roy ließ Gaels Attacken an sich vorbeiziehen, kam an Edwards Seite und schoss ihrem Gegner mit einer Waffe, die er aufgehoben hatte, vor die Füße.

»Daneben!«

Gael kicherte belustigt, als er auswich, und Roy verfolgte ihn weiter mit Schüssen. Gaels Gewaltrausch hatte diverse Löcher in den Wänden hinterlassen, sodass Wind und Sonne hereindrangen.

Als Roy schließlich die Patronen ausgingen, hatte sich der Staub gelegt und Gael, Roy und Edward standen sich in dem großen Raum gegenüber.

»Na, keine Kugeln mehr?«, fragte Gael gackernd, und als ob er sich ihm anpassen würde, lachte Roy zurück.

»Und du, du hast kein Glück mehr!«

Er schnippte mit den Fingern. Ein Licht flammte auf und in einer Ecke des Raums explodierte etwas.

»Oho. Du bist also auch ein Alchemist, hm? Aber anscheinend bist du darin genauso eine Pfeife wie im Schießen. Mua ha ha!«

Gael hatte sich auf dem immer noch bebenden Boden zu voller Größe aufgerichtet und lachte. Roy schnippte wieder und in allen vier Ecken des Raums kam es zu Explosionen.

»Was soll das denn werden? Du hast ja echt überhaupt nichts drauf!« Gael lachte weiter vor sich hin, aber diesmal transmutierte Edward direkt vor ihm eine dicke Mauer.

»Checkt ihr nicht, dass ihr so viele Wände machen könnt, wie ihr wollt? Ich reiß sie euch ja doch wieder ein!«

Gael trat einen Schritt auf sie zu und Roy schnippte ein weiteres Mal mit den Fingern. Am Fuß der Wand explodierte etwas und sie stürzte auf Gael zu.

»Dann werf ich euch das Zeug eben zurück!« Er fing die Mauer mit ausgebreiteten Armen auf und schwang sie über den Kopf.

Doch dann erstarrte er mitten in der Bewegung. Der Boden bebte wieder.

»Hui ui ui« Gael verlor das Gleichgewicht und fiel auf den Hintern. Und wie aufs Stichwort brach der Boden mit einem gewaltigen Grollen unter ihm ein. »Wollt ihr uns etwa alle miteinander in den Abgrund reißen ...?!«

Ohne sich selbst auch nur ein bisschen zu bewegen, erklärte Edward dem im Sturz brüllenden Gael: »Nope. Fallen tust nur du.«

Der Boden unter Edward und Roy wurde von einer weiteren Wand gestützt, die Edward durch die Transmutation zuvor erschaffen hatte.

»Kyaaaa!«

Zusammen mit dem einstürzenden Boden wurde Gaels Stimme verschluckt und ihm prasselten Stützpfeiler und Trümmer hinterher.

Als sich der Staub gelegt hatte und die Sicht wieder klar war, gab es im vierten Stock keinen Fußboden mehr.

Zehn Minuten später.

»Er muss irgendwo da oben sein«, sagte Edward.

»Vermutlich«, stimmte Roy ihm zu.

Sie standen am Fuß der Treppe, die vom vierten in den fünften Stock führte. Der ohrenbetäubende Lärm des Schusswechsels wenige Augenblicke zuvor war verschwunden und eine ungewöhnliche Stille herrschte in der verlassenen Fabrik. Die Terroristen hatten sich entweder ergeben oder waren verhaftet worden und niemand hinderte Edward und Roy mehr daran, nach oben zu gehen.

»Ancy ist doch nichts passiert, oder?«, fragte Edward plötzlich.

»Alphonse muss Oberleutnant Hawkeye und den anderen schon gesagt haben, wo sie ist. Sie haben sie sicher schon rausgeholt.«

»Ich verstehe. Gut.«

Edward sah erleichtert aus. Selbst in dieser angespannten Atmosphäre hatte er sich beim Kämpfen Sorgen um die Kleine gemacht.

Auch Roy wirkte erleichtert und murmelte: »Wir sollten alle Terroristen erwischt haben.«

»Was ist mit Gael? Der Kerl hat doch kein Problem damit, aus dem zweiten Stock zu springen.«

»Da sind viele Trümmer mit runtergekommen. Ich hoffe, dass er zumindest bewusstlos ist.«

»Vielleicht war es etwas übertrieben, den ganzen Boden einstürzen zu lassen«, sagte Edward geistesabwesend.

»Übertrieben? So was aus deinem Mund? Hast du dir die Fabrik mal von außen angesehen? Du bist ein vollkommen talentfreier Künstler.«

Auf Roys harsche Antwort hin funkelte Edward ihn böse an.

»Dann hätten Sie sich halt nicht so viel Zeit gelassen!«

Hatte der Oberst überhaupt eine Ahnung davon, wie schwer es war, allein gegen dreißig Gegner zu kämpfen? Edward war stinksauer, aber Roy blieb ganz entspannt.

»Na, du hast dich doch entführen lassen. Das heißt, dass du nicht genug aufgepasst hast ... Du schuldest mir also was.« Den letzten Teil sagte er mit einem Grinsen.

»Einen Teufel tu ich!«, brüllte Edward.

»Na, wer konnte denn nicht die Klappe halten, dass er Beziehungen zur Armee hat, und hat sich das mit dem ›Vater‹ zurechtgedichtet?«

»Grr ...!«

Roy genoss die Situation sichtlich und lachte.

»Du schuldest mir was und ich werde es einlösen, sobald das hier vorbei ist.«

»Pfff. Wenn's vorbei ist.«

»Jap. Wenn's vorbei ist.«

Die beiden schauten die Treppe hinauf. Irgendwo da oben steckte Colt, der Mastermind hinter dieser Serie an Vorfällen. Sie nickten sich einmal zu und gingen hinauf, um ihn zu stellen.

Im fünften Stock gab es fast keine Wände mehr. Es war, als schwebte eine Aussichtsplattform mitten im Himmel. Überall störten schräge Stahlstreben und Trümmerteile die Sicht. Colt stand hinter einigen eingestürzten Balken.

Er spürte die Anwesenheit der beiden, drehte sich aber nicht zu ihnen um.

»Hiermit verhafte ich Sie wegen des Verdachts der wiederholten Verübung terroristischer Anschläge und mehrfacher Kindesentführung. Bitte kommen Sie widerstandslos mit uns mit«, forderte Roy ihn leise auf.

»Es ist keiner mehr übrig«, fügte Edward hinzu. Colt bewegte sich immer noch kein Stück. »Es wäre besser, sich zu ergeben. Dein Plan ist gescheitert. Gib auf.«

»Gescheitert? Da habt ihr recht.« Colts Schultern bebten vor Lachen. »Ha ha ha, ja, ich bin wirklich gescheitert. Was hab ich nur falsch gemacht …? Der Plan war perfekt.«

Edward entgegnete dem lachenden Colt kalt: »Was du falsch gemacht hast? Eher: was nicht? Es war alles deine eigene Schuld, Colt. Du warst so in deinem Hass gefangen, so auf Rache und Geld aus, dass du nicht in der Lage warst, die Wahrheit zu sehen. Und ein großer Fehler war, mich einfach als Kind abzutun.«

»Da hast du recht …« Colt drehte sich um. »Ich habe das Gefühl, als Kind war ich noch wie du. Geradlinig und fähig, die Wahrheit zu durchschauen.«

»Wärst du mal besser so geblieben.« Edwards gleichgültig gemurmelte Worte brachten Colt zum Schmunzeln.

»Das konnte ich eben nicht. Willst du wissen, wie es ist, wenn man seine Eltern in einem Aufstand verliert? Wenn ihr Tod einer vielversprechenden Karriere ein Ende setzt und man in der Gosse landet?«

Sowohl Edward als auch Roy war klar, dass er von sich selbst sprach. Aber sie wussten ebenso, dass es Colt nicht darum ging, Mitleid zu erheischen, und sie hatten auch nicht vor, ihm welches zu geben. Es hatte keinen Sinn zu sagen, dass das Militär nicht perfekt war oder etwas richtiggestellt werden sollte. Colt hatte für sich den Weg der Rache gewählt. Dieser abgrundtiefe Hass, den er ausstrahlte, wollte niemandes Mitleid erregen.

»Ich weiß nicht, was Sie erlebt haben, Colt. Ich weiß nur, dass Sie ein Verbrecher sind.« Roy trat einen Schritt vor. »Nehmen Sie die Waffe runter, und dann Hände über den Kopf. Es ist vorbei.«

»Wenn man Sie so reden hört: ein Soldat durch und durch.« Colt lächelte leicht. »Aber auch ich habe meine Überzeugungen. Mein Stolz erlaubt mir nicht, mich einfach verhaften zu lassen.«

In dem Moment, in dem er fertig gesprochen hatte, geschah es. Colt hatte die ganze Zeit ruhig dagestanden, jetzt aber eröffnete er das Feuer und sprang gleichzeitig hinter einen umgestürzten Pfeiler. Da er sich bis zu diesem Augenblick wie eine Statue überhaupt nicht bewegt hatte, überraschte seine Schnelligkeit Edward und Roy umso mehr.

»Au!« Letzterer hatte einen Streifschuss am Arm.

»Herr Oberst!«

Edward war einen kurzen Moment abgelenkt, als er zu ihm hinüberblickte, da streifte auch ihn eine Kugel am Handrücken. »Autsch!«

Doch als sie den Kopf in die Richtung der Schüsse drehten, war Colt bereits weiter und es erklangen von einer anderen Stelle Schussgeräusche.

Gleich neben ihnen prallten die Kugeln ab und sie hörten die ausgeworfenen Patronenhülsen. Edward und Roy waren baff, denn sie hatten Colt für einen typischen Denker gehalten und nicht erwartet, dass er doch so gewandt war. Von der Decke hingen einige Armierungseisen und versperrten die Sicht.

»Mal sehen, wie dir das schmeckt!« Edward schlug die Handflächen zusammen und presste sie auf den Stahlbetonboden. Darin bäumte sich eine Welle auf, die sich bis zu Colt fortsetzte. Dieser konnte gerade noch ausweichen, doch als Edward eine zweite Welle hinterherschicken wollte, stoppte Roy ihn.

»Warte!« Er zeigte auf eine Stelle, an der Edwards Angriff ein Stück aus dem Stahlgerüst herausgerissen hatte. »Das sieht übel aus!«

»Hä?«

Roy packte Edward am Arm und zerrte ihn nach hinten weg, gerade noch rechtzeitig, bevor die Decke an der Stelle mit der beschädigten Strebe herunterkrachte.

»Whoa!« Edward riss die Hände vor das Gesicht, um sich vor den herumfliegenden Trümmern zu schützen.

»Diese Streben stehen anscheinend absichtlich so schief.« Roy klopfte gegen eine nahegelegene Strebe.

»Passt lieber auf. Wenn die weg sind, bricht uns die Bude überm Kopf zusammen«, rief Colt aus sicherer Entfernung. Seine Stimme klang leicht amüsiert. »Bevor ich verhaftet werde, fahre ich lieber zur Hölle und nehme mindestens einen von euch mit!«

»Ach Klappe! Als ob wir jemanden wie dich begleiten würden!«, brüllte Edward zurück, aber es änderte nichts an der Tatsache, dass der Einsatz von Alchemie nun kaum noch möglich war. Sie hörten Colt triumphierend lachen.

»Wa ha ha ha! Sieht aber schon danach aus, dass ihr mitkommt! Das ist die Strafe dafür, dass ihr meine Pläne durchkreuzt habt! Ich hatte vor, Waffen zu stehlen, eine Organisation zu gründen, die es mit dem Militär aufnehmen kann, und die Macht zu übernehmen! Wie konntet ihr mir nur alles versauen?! Was ist überhaupt der Unterschied zwischen dem Militär und den Terroristen? Die Menge an Waffen? Die Anzahl an Leuten? Die Armee hat mir das Leben genommen, das ich hätte haben sollen! Was ist falsch daran, wenn dann auch ich jemandem das Leben nehmen will? Letzten Endes gibt es keinen Unterschied zwischen mir und euch!«

Colt lachte immer noch. Aber es gab einen Fehler in seiner Rechnung: Wie Edward gesagt hatte, war der Mann zu sehr in seinem Hass gefangen.

Roy unterbrach Colts Hohngelächter: »Ruhe jetzt!« Er streckte die Arme in die Luft. »Die Armee und die Terroristen? Stimmt, sie sind sich vielleicht in einigen Punkten ähnlich. Aber Sie und wir sind ganz und gar unterschiedlich.«

Er schnipste mit den Fingern. Die daraus hervorschießenden Funken übertrugen sich auf die in der Luft tanzenden Partikel und verursachten direkt vor Colts Augen eine Staubexplosion.

»Waaaahhh!«

Die davon ausgehende Hitze erfüllte in Sekundenbruchteilen mit einer gewaltigen Kraft den ganzen Raum. Colt war ihr zwar nur einen Moment lang ausgesetzt, als die Stroh- und die Kohlepartikel vom Stockwerk darunter in der Luft verbrannten, und erlitt daher keine schweren Verbrennungen, aber wurde von der Attacke umgeworfen und verlor das Bewusstsein.

»Auch wenn das Militär und die Terroristen sich ähneln, tun wir und du das ganz und gar nicht. Wir benutzen keine Kinder, sind nicht hinter schnödem Reichtum her und nutzen auch keine gutgläubigen Menschen aus, um die Welt mit unserem Hass zu vergiften.«

Edwards Stimme verlor sich in der strahlenden Abendsonne.

Als Edward und Roy wieder hinuntergingen, warteten Alphonse, der Ancy auf dem Arm trug, Hawkeye, Havoc und Breda vor dem wiederhergestellten Eingangstor im Erdgeschoss.

»Huhu, Edward!« Ancy winkte fröhlich. »Weißt du, ich hab's beim Versteckenspielen bis zum Schluss geschafft! Stimmt's, Alphonse?«

Das kleine Mädchen verkündete fröhlich, wie sehr es sich angestrengt hatte, und Alphonse nickte ihm zu.

»Ja, das hast du super gemacht, Ancy. Du warst die Beste!«

»Ehrlich?«

»Ja.«

Edward tätschelte dem unschuldig lächelnden Kind den Kopf und ihm wurde klar, dass die Gefahr vorüber war.

»Apropos, Al. Du warst echt gut darin, mich zu finden.«

»Da musst du dich beim Eastern Command bedanken.«

»Jaja. Ich schulde denen jetzt was.«

Edward drehte sich zu Roy um, der etwas von ihnen entfernt stand. Er ließ sich gerade von Hawkeye Bericht erstatten.

»Das kleine Mädchen ist also ganz sicher das Kind des Kunsthändlers?«

»Ja.«

Roy und Hawkeye schauten geistesabwesend zu den Elric-Brüdern und der fröhlich lachenden Ancy, die zwischen ihnen stand.

»Was ist mit den Terroristen?«

»Wir haben sie alle im Gebäude zusammengetrieben, auch die Verwundeten.« Hawkeye deutete auf eine Tür hinter sich. »Aber diesen Gael haben wir nicht finden können. Zwischen dem zweiten und dem vierten Stock ist alles so kaputt, dass es zu gefährlich ist reinzugehen, bevor die Verstärkung da ist.«

»Ach so.«

Roy runzelte leicht die Stirn, doch als wollte er die Sorgen seines Chefs beiseitewischen, setzte Breda sein Fernglas ab und drehte sich zu ihm um.

»Herr Oberst, die Verstärkung rückt an!«

»Na endlich.«

»Boah, bin ich müde.« Havoc schob sich einen Glimmstängel zwischen die Lippen. Ein langer Kampf kam endlich zu seinem Ende. In diesem Glauben entspannten sich alle einen Moment.

BAMMMM!

Das Stahltor flog aus den Angeln und knallte auf den Boden.

Darauf stand Gael mit einem Arsenal an Trümmerteilen, kaputten Tischen, Kisten und Wandstücken über dem Kopf.

»Mua ha ha, so viele Ratten! Ich zerquetsch euch alle!!« Mit einem Glucksen schleuderte Gael das Zeug in seinen Händen auf die Soldaten. Der letzte Showdown. Er hatte einfach irgendwie drauflosgeworfen, aber die einzelnen Teile waren ziemlich schwer.

»Uah!« Direkt vor Havocs Füßen schlug ein Stück Stahl ein. Auch auf Breda kamen drei Tische zugeflogen. Es hagelte Schuttbatzen und Armierungsstahl auf die Truppe, die irgendwie auszuweichen versuchte. Alle traten den Rückzug an und wollten sich vor dem Geröll in Sicherheit bringen, doch Roy rannte in Richtung Tor.

»Frau Oberleutnant!«

Eine riesige Holzkiste drohte Hawkeye, die am nächsten am Tor stand, auf den Kopf zu fallen. Roy packte seine Adjutantin am Arm, zog sie hinter sich, hob die Hände und rieb sie aneinander, um die Kiste zu eliminieren.

»Herr Oberst, das ist gefährlich!«, schrie Hawkeye und versuchte, ihn von hinten wegzuziehen. Roy kämpfte mit dem Gleichgewicht, als sie an seinen Schultern zog, aber versuchte immer noch, irgendwie Feuer zu entfachen. Doch im nächsten Moment wurde die Kiste vor ihren Augen in zwei Hälften geteilt. Edward war neben ihnen hervorgesprungen und hatte die Kiste zerschlagen. Er stieß sich nach seiner Landung gleich wieder vom Boden ab und stürmte auf den vor dem Eingang stehenden Gael zu. Die scharfe Klinge an seinem rechten Arm verwandelte sich in eine dicke Eisenstange. Gael streckte beide Arme aus, um sie aufzufangen.

»Reingelegt!« Edward grinste.

Es war eine Finte, damit Edward sich leicht auf Gaels nach oben gereckten Armen abstützen, die Füße auf seine Schultern stellen und so über seinen Kopf hinweg hinter ihn springen konnte.

»Al, du bist dran!«

Edward berührte Gaels Füße. Der Boden wurde lebendig und schlang sich um die Beine des Terroristen.

»Was soll das denn? Ich kann meine Beine nicht mehr bewegen!« Ohne zu wissen, wie ihm geschah, fuchtelte Gael mit den Armen. Da tauchte ein großer Schatten über ihm auf.

»Wissen Sie, was man in einer Situation wie dieser sagt, mein Herr?« Alphonse holte langsam aus. »Man sagt: ›Widerstand ist zwecklos!‹«

Er versetzte Gael ohne jede Zurückhaltung einen Schlag mit seiner gepanzerten Faust und der kraftstrotzende Mann war an Ort und Stelle ausgeknockt.

Zwei Geländewagen fuhren durch die in den Sonnenuntergang getauchte Ödnis. In einem saßen Hawkeye am Steuer sowie Roy und Edward.

»Herr Oberst?«

Edward lehnte sich grinsend von der Rückbank nach vorn.

»Was ist? Dieses Grinsen ist ja unheimlich.«

»Damit ist meine Schuld bei Ihnen beglichen.«

»Hä?«

»Ich hab sie doch vorhin vor Gael gerettet.«

Auf Edwards Worte hin drehte Roy sich zu ihm um.

»Ach das? Da hast du doch die Frau Oberleutnant gerettet, nicht mich. Und überhaupt! Ich hätte sie sehr wohl selbst retten können. Du bist mir nur zuvorgekommen.«

»Ooooh nein!« Edward schüttelte heftig den Kopf. »Ich habe Ihnen das Leben gerettet, Herr Oberst.«

»Wie das?«

»Sehen Sie doch.« Edward hielt ihm ein Stück der Kiste hin, die er entzweigeschlagen hatte. Darauf stand: »Achtung, explosiv! Sprengstoff«

»Was wäre wohl passiert, wenn Sie hier wieder gezündelt hätten? Ts ts ts.« Edward seufzte übertrieben erleichtert und Roy stand beim Anblick der Beschriftung das Verdammt! ins Gesicht geschrieben.

»Deswegen habe ich Sie doch extra gewarnt, dass es gefährlich ist«, mischte sich Hawkeye in das Gespräch ein.

»…!«

Edward amüsierte sich köstlich über Roys Gesicht, als der realisierte, dass er der Einzige gewesen war, dem das nicht aufgefallen war.

»Sie sollten wirklich besser aufpassen.«

»Ich war im Stress, weil ich mir um meine Mannschaft Sorgen gemacht hab!«

Roy starrte frustriert geradeaus. Edward war natürlich klar, dass der Oberst nicht wirklich verärgert war.

Mit einem fröhlichen Lachen sah er zu dem anderen Wagen, der in einigem Abstand zu ihnen fuhr: Mal rechts, mal links, schneller, langsamer, akzentuiert von gelegentlichem Kreischen, holperte er vor ihnen her.

Schließlich sagte Hawkeye: »Auf jeden Fall trotzdem danke, Herr Oberst!«

»Nicht doch …«

Roys Lächeln und das Kreischen aus dem Wagen vor ihnen gingen im Wind unter. In dem kühlen Luftzug sah Edward in den Himmel. Dort stand bereits der Abendstern und leuchtete hell.

Ein langer Kampf war vorüber und Edward erwarteten die nächsten Abenteuer.

Welcher Weg es auch sein wird, solange ich ihn selbst gewählt habe, werde ich in der Lage sein, ihn bis zum Ende zu verfolgen.

Die Jeeps fuhren weiter. Edward saß darin, im festen Glauben, ihre früheren Körper irgendwann zurückbekommen zu können.

Nachwort

Hallo zusammen.

Ich bin Makoto Inoue und habe diesen zweiten Band der *Fullmetal-Alchemist*-Romane geschrieben. Beim Schreiben habe ich in meinem Kopf eine Expedition durch die *Fullmetal*-Welt gemacht und die Figuren daraus haben mich den ganzen Tag begleitet und zum Lächeln gebracht. Warum lächle ich nur so sehr, wenn ich an dieses Werk, das ich so mag, oder seine Charaktere denke?

Es ist zwar auch schön, einfach nur so darüber nachzudenken, aber vor der Entscheidung, wie ich dieses oder jenes beschreiben sollte, habe ich mir wieder die Manga zur Hand genommen ... und komplett durchgelesen! Das passiert mir immer und immer wieder und schwups, ist ein ganzer Tag vorbei. Ich grinse schon wieder.

So ist es auch bei den von mir geschriebenen Light Novels, die nur ein ganz kleines bisschen in die *Fullmetal*-Welt eintauchen. Ich würde mich freuen, wenn sie allen Lesern zumindest ein kleines Lächeln ins Gesicht zaubern.

Und wenn jemand dabei nicht grinsen kann ... dann tut es mir leid.

Ich möchte den vielen Leuten, die mich bei diesem Werk unterstützt haben, meinen herzlichen Dank aussprechen und mich für alle Unannehmlichkeiten entschuldigen, die ich ihnen bereitet haben mag.

Ganz besonders danken möchte ich Frau Arakawa. Entschuldigen Sie all die Terminverschiebungen und noch mal vielen herzlichen Dank, dass Sie sich trotz Ihres vollen Terminkalenders die Zeit genommen haben, mir alles über die *Fullmetal*-Welt zu erzählen.

Außerdem gebührt mein Dank meiner Redakteurin, Frau Nomoto. Ich bin unsagbar dankbar für Ihre Hilfe und Unterstützung. Als ich nicht vorankam und einfach nicht mehr weiterwusste, nahmen Sie mich bei der Hand und sagten: »Machen wir das zusammen.« Das war der Moment, in dem für mich das Licht am Ende des Tunnels erschien und ich zu Tränen gerührt war. Ich übertreibe nicht, das ist mein voller Ernst!

Dass Sie mir das mit Ihrer hübschen Stimme und Ihrer hübschen Erscheinung gesagt haben, als ich völlig niedergeschlagen war, hat mir wirklich sehr geholfen ... An diesem Tag sind Sie für mich zu einer Göttin geworden! (Ernsthaft!)

Vielen, vielen Dank! Es ist viel passiert, doch ich habe dabei auch viel gelernt! Das verdanke ich Ihnen, Frau Nomoto. Wenn der Roman veröffentlicht ist, danken Sie sich bitte unbedingt auch selbst für Ihre Mühe!

Wechseln wir das Thema und kommen wir zu etwas Persönlichem: Bei der Arbeit an diesem Roman dachte ich oft daran, mit meinem Laptop zum Schreiben in ein schönes Café zu gehen. Schriftsteller schließen sich so oft zu Hause ein, daher dachte ich, es wäre ab und an eine schöne Abwechslung. Aber ... es war gut, dass ich es nicht getan habe. Ich habe kürzlich festgestellt, dass ich beim Schreiben ein ziemlicher Nerd bin. Wie ich bereits erwähnt habe, grinse ich, wenn ich innehalte und nachdenke. Und auch beim Tippen verändern sich meine Haltung und meine Mimik. Wenn ich eine Szene schreibe, in der Edward einen Gegner anfunkelt, dann funkle auch ich. Wenn Roy die Stirn runzelt, mache ich das auch. In den nachdenklichen oder traurigen Szenen tippe ich sanft und bedächtig und in den Actionszenen haue ich ordentlich in die Tastatur.

Das war diesmal in den Szenen mit dem herumwütenden Gael besonders heftig! Wenn er mit einem Rumms den Container einfach umgeworfen hat, habe ich auch Rumms gemacht. Machte er Badamm, habe ich das mit einer dreckigen Lache genauso gemacht.

Und wenn man im Café mit einem primitiven Lachen rumms auf der Tastatur herumhämmert, dann fragt einen die Bedienung, ob es einem noch gut geht. Deshalb konnte ich mich auch heute nur zu Hause einschließen und dort auf meine Tastatur einschlagen ... Elegant in einem schönen Café zu arbeiten, ist für mich wohl ein Ding der Unmöglichkeit. Schnüff.

Vielleicht sollte ich einfach Actionromanautor werden. Ein Autor, bei dem Inhalt und Tippverhalten korrelieren. Und das Nachwort lautet: »Weil ich eine Menge über Major Armstrong geschrieben habe, habe ich ganze zehn Monate lang Krafttraining gemacht! Deshalb habe ich mit so viel Kraft getippt, dass ich meine Tastatur fünfmal austauschen musste. Ich bin ein Muskelpaket!« Hmmm. Klingt doch gar nicht schlecht, oder?

Ja, ich glaube, Actionromanautor ist was für mich! Freut euch schon mal auf das Nachwort im nächsten Band! (Nur Spaß!)

Und nun, zu guter Letzt, an alle, die dies gelesen haben: Vielen, vielen Dank!

Makoto Inoue

Nachwort (das keins geworden ist)

Hallo zusammen,
schön, dass wir uns dank Frau Inoue und der Redaktion wieder in einem Roman begegnen können. Dafür bin ich sehr dankbar.
Und wie jedes Mal zerbreche ich mir den Kopf: »Was für einen Kommentar schreib ich nur ins Nachwort?«
Da es bestimmt Leute gibt, die als Erstes das Nachwort lesen, fasse ich den Inhalt dieses Bands in einem Bild zusammen.

↓

Hi hi, spannend, oder?
Na dann, bis bald!

あらかわひろむ
Hiromu Arakawa
August 2003

FULLMETAL ALCHEMIST

Fullmetal Alchemist – Ultra

Hiromu Arakawa

Die Brüder Edward und Alphonse Elric wollen mithilfe von Alchemie ihre verstorbene Mutter wieder zum Leben erwecken. Doch das Experiment missglückt und Edward verliert sein linkes Bein und seinen Bruder. Um ihn zurückzuholen, opfert Edward seinen rechten Arm und bindet Alphonse' Seele an eine Rüstung. Damit beginnt die Reise, um sich alles zurückzuerobern, was ihnen genommen wurde.

Fantasy 13+

Das Band der Unterwelt

Hiromu Arakawa

Yuru führt ein ruhiges Leben in einem abgelegenen Bergdorf. Während er seine Zeit damit verbringt, Tiere zu jagen, erfüllt seine Zwillingsschwester Asa eine mysteriöse Pflicht, die sie dazu zwingt, in einem Kerker eingesperrt zu sein. Eines Tages wird das Dorf jedoch von einer Kampftruppe angegriffen. Ihr Ziel: die Zwillinge.

Diamond in the Rough - Vom Schicksal geschliffen

Nao Sasaki

In einer Welt, in der sich alles um Steine dreht, bestreitet Akeboshi sein Leben als reisender Erzhandwerker. In einem unterirdischen Dorf trifft er auf Kai – einen Jungen, dessen linkes Bein, und seine gesamte Familie versteinert wurde. Akeboshi beschließt, dem Jungen zu helfen, ohne zu ahnen, welche Bürde er sich damit auflädt.

Fantasy 13+

Kemono Jihen – Gefährlichen Phänomenen auf der Spur

Sho Aimoto

In einem ruhigen Dorf ereignet sich ein seltsamer Vorfall. Um diesen zu untersuchen, reist Inugami, ein Detektiv für okkulte Vorkommnisse, aus Tokio an. Im Laufe seiner Nachforschungen lernt er den jungen Dorotabo kennen und merkt schnell, dass nicht nur sein Name unmenschlich ist …

Meine Wiedergeburt als Schleim in einer anderen Welt

Fuse | Taiki Kawakami | Mitz Vah

Satoru Mikami wurde ermordet. Aber statt im Jenseits zu landen, wird er in einer anderen Welt als Schleim wiedergeboren. Verwirrt, aber mit mächtigen Skills ausgerüstet, begibt er sich auf ein wabbliges Abenteuer durch eine Welt voller Goblins, Drachen und Zwerge!

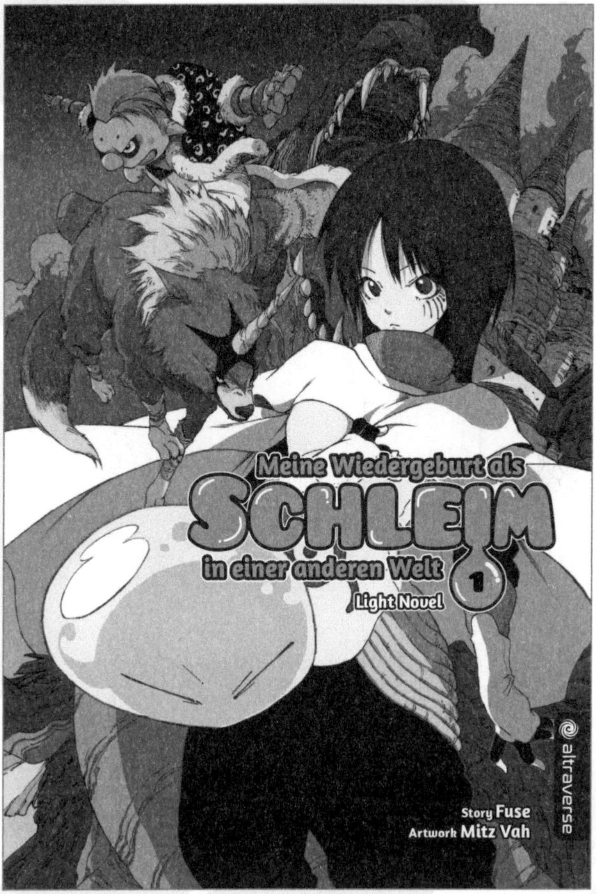

Meine Wiedergeburt als Schleim in einer anderen Welt Light Novel

Fuse | Mitz Vah

Als Satoru Mikami im Alter von 37 Jahren von einem Attentäter getötet wird, fällt der Vorhang für sein belangloses Leben – zumindest dachte er das! Plötzlich findet er sich in einer anderen Welt wieder und merkt, dass er als Schleim wiedergeboren wurde?!

Ich habe 300 Jahre lang Schleim getötet und aus Versehen das höchste Level erreicht

Kisetsu Morita | Yusuke Shiba | Benio

Die Büroangestellte Azusa Aizawa arbeitet sich schon in jungen Jahren im wahrsten Sinne des Wortes zu Tode. Doch dann wird sie als siebzehnjährige Hexe in einer fremdartigen Welt wiedergeboren. Dort will sie es langsam angehen lassen, wird Selbstversorgerin und tötet nur ab und an mal einen Schleim ...

Ich habe 300 Jahre lang Schleim getötet und aus Versehen das höchste Level erreicht Light Novel

Kisetsu Morita | Benio

Die junge Azusa Aizawa arbeitet sich im wahrsten Sinne des Wortes zu Tode. Doch dann wird sie als siebzehnjährige Hexe in einer anderen Welt wiedergeboren. Dort will sie es langsam angehen lassen, wird Selbstversorgerin und tötet nur ab und an mal einen Schleim …

Solo Leveling

Chugong | DUBU (REDICE STUDIO)

Seitdem Portale die reale Welt mit Dungeons voll von Monstern verbinden, sind Menschen mit speziellen Fähigkeiten erwacht, die Jagd auf diese Monster machen und so ihr Geld verdienen. Kann sich Jin-Woo Sung, der von seinen Kollegen nur »der Schwächste« genannt wird, an die Spitze kämpfen?

Fantasy 15+

Solo Leveling – Roman

Chugong

Als Portale begannen, die Welt mit Dungeons voller Monster zu verbinden, sind Menschen mit speziellen Fähigkeiten erwacht. Sie sind als Hunter bekannt und ihre Aufgabe ist es, die Dungeons unschädlich zu machen. Jin-Woo Sung ist einer von ihnen, wird aber immer nur als Schwächling bezeichnet. Kann er sich an die Spitze kämpfen?

altraverse

Deutsche Ausgabe / German Edition
Altraverse GmbH – Hamburg 2023
Aus dem Japanischen von Anemone Bauer

NOVEL FULLMETAL ALCHEMIST vol. 2

First published in Japan in 2003 by SQUARE ENIX CO., LTD.
German translation rights arranged with SQUARE ENIX CO., LTD.
and Altraverse GmbH through Tuttle-Mori Agency, Inc.

Redaktion: Franziska Riedel
Herstellung: Shanice De Sutter

Druck: CPI books GmbH, Leck
Printed in Germany

MIX
Papier
FSC FSC® C083411

ISBN 978-3-7539-0933-2
1. Auflage 2023

www.altraverse.de